DIE WESTERFIELD-AFFÄRE

RENEE ROSE

Übersetzt von
STEPHANIE WALTERS

RENEE ROSE: HOLEN SIE SICH IHR KOSTENLOSES BUCH!

Tragen Sie sich in meine E-Mail Liste ein, um als erstes von Neuerscheinungen, kostenlosen Büchern, Sonderpreisen und anderen Zugaben zu erfahren.

https://www.subscribepage.com/mafiadaddy_de

ERSTES KAPITEL

London, 1835

*U*nmöglich.

Er glaubte nicht an die Liebe auf den ersten Blick. Und doch hämmerte ihm das Herz in der Brust, als wollte es gleich herausspringen. Nein, das konnte einfach nicht sein. Er war ein Zahlenmensch, hatte kein Interesse an Spielchen, Emotionen und persönlichen Dramen, und nicht einmal wirklich an Frauen. In seinen jungen Jahren war er oft genug durchs Heu getollt und hatte sogar der ein oder anderen Dame den Hof gemacht, doch die Vorstellung, zu heiraten, hatte ihm immer widerstrebt, trotz des anhaltenden Drängens seiner Mutter, ihr endlich einen Enkel zu schenken.

Doch in diesem Augenblick, als er in das lebhafte Gesicht von Miss Kitty Stanley starrte, hatte es ihn unleugbar erwischt.

Er hatte sich zu einer von Viscount Maurice Stanleys

unzähligen Einladungen in dessen Londoner Stadtwohnung breitschlagen lassen. Obwohl sie sich bereits durch ihre Arbeit im Parlament kannten, war ihre Freundschaft erst im Spencer's so richtig aufgeblüht, einem Gentleman's Club in der St. James Street, der die Reichen und Berühmten der Londoner Gesellschaft anzog, und wo sie oft nebeneinander an den Spieltischen saßen. Maurice Stanley war spielsüchtig. Vielleicht waren sie das beide, denn Harrys Interesse am Spiel war weitaus mehr als eine Laune – es war ein Bedürfnis, es ernährte ihn. Zahlen waren seine liebste Ablenkung. Doch er begriff seine Gewohnheit nicht als Problem, denn während Stanley immerzu verlor, gewann Harry jedes Mal.

Genau aus diesem Grund hatte Viscount Stanley großes Gefallen an Harry gefunden – er wollte seine Pechsträhne beenden. Gerade saßen sie in Stanleys Arbeitszimmer, tranken Brandy und diskutierten über Zahlen, als die Tür aufflog und sich Harrys Welt komplett auf den Kopf stellte. Er hatte das Gefühl, als ob er im nächsten Moment vom Sofa fallen und auf dem ausgetretenen Perserteppich des Viscounts landen würde.

„Maury, rate mal, was gerade – oh!"

Die wunderschönste junge Frau, die er jemals gesehen hatte, war ins Zimmer geplatzt und hielt etwas in der Hand, das wie eine Einladungskarte aussah. Die Frau hatte dicke, dunkelbraune Haare, hohe Wangenknochen und volle, schmollende Lippen wie glänzende rote Pflaumen. Es war nicht zu übersehen, dass sie Maurys jüngere Schwester sein musste, so ähnlich wie die beiden sich sahen, doch wohingegen Stanley lediglich durchschnittlich war, war sie atemberaubend.

„Entschuldige, ich wusste nicht, dass du Besuch hast." Prompt knickste sie und warf Harry ein strahlendes Lächeln zu. Bei dieser Perfektion blieb ihm für einen Moment das Herz stehen – ein Grübchen auf ihrer Wange verlieh ihrem Gesicht ein asymmetrisches Aussehen, das ihre Schönheit nur weiter unterstrich. Ihre Augen funkelten mit einem Esprit, den ihr zierlicher Körper kaum zu fassen mochte.

Harry wollte sich für den Rest seines Lebens im Strahlen ihres Lächelns sonnen.

Erst, als er den Blick erneut auf ihren Bruder richtete, bekam er wieder Luft und zwang seinen Körper, sich vom Sofa zu erheben.

„Ja, Kitty, es gibt einen Grund, weshalb die meisten Menschen anklopfen, bevor sie ein Zimmer betreten. Ich bin mit wichtigen Gentleman-Angelegenheiten beschäftigt", bemerkte ihr Bruder träge und schwenkte sein Brandyglas.

Einmal mehr wanderte dieser leuchtende Blick zu ihm. Grüne Augen mit grauen und goldenen Sprenkeln. Dichte, schwarze Wimpern, die sich verlockend hochrollten. „In diesem Moment würde ich normalerweise die Augen verdrehen, wenn Sie nicht anwesend wären", bemerkte sie verschwörerisch.

Die Härchen auf seinen Armen stellten sich auf, weil sie mit ihm sprach, als wäre er ein alter Freund und kein vollkommen Fremder. Ein solches Verhalten sollte er eigentlich für verwegen halten, womöglich sogar für unverschämt, doch das tat er nicht. Er fand es ausgesprochen charmant. Er lachte über ihren Witz, trat einen Schritt auf sie zu und stellte sich vor. „Harry Westerfield", sagte er mit einer kleinen Verbeugung.

Wieder knickste sie. „Lord Westerfield. Ich habe schon viel von Ihnen gehört. Es ist mir eine Freude, Sie endlich persönlich kennenzulernen."

„Meine Schwester", bemerkte Stanley schleppend.

„Miss Stanley. Die Freude ist ganz meinerseits." Harry ergriff die Hand, die sie ihm hinhielt, und ihre zarten, unbedeckten Finger fühlten sich in seiner großen Hand unendlich zerbrechlich an. „Ist das eine Einladung?", fragte er und deutete auf die Karte in ihrer anderen Hand.

„Oh! Ja. Lady Maybury veranstaltet einen Ball und ich wollte Maury gerade anbetteln, mit mir dorthin zu gehen." Mit großen Welpenaugen drehte sie sich zu ihrem Bruder um. „Wirst du das tun? Bitte, Maury?"

Stanleys Lippen verzogen sich in ein wohlwollendes, nonchalantes Lächeln. Harry vermutete, dass Maury es mit der Vormundschaft für seine Schwester nicht allzu ernst nahm, was ihren Mangel an Zurückhaltung erklärte, den Harry so erfrischend fand.

Stanley zog eine Augenbraue hoch und warf Harry einen vielsagenden Blick zu. „Du glaubst nicht, wie zeitintensiv und teuer es ist, eine Schwester zu haben, die bereits in die Gesellschaft eingeführt wurde – die Kleider, die Bälle, die Abendspaziergänge im Hyde Park ..."

Harry fragte sich, ob Miss Stanley eine Vorstellung davon hatte, wie groß die Schulden ihres Bruders waren. Wenn er Kitty für diese Saison tatsächlich mit neuen Ballkleidern ausgestattet haben sollte, dann mit geliehenem Geld. Allein im Spencer's beliefen sich die Schulden des Viscounts auf mehr als 20.000 Pfund.

„Normalerweise würde ich jetzt schon wieder die Augen verdrehen", gestand Miss Stanley einmal mehr und zwinkerte Harry zu. Ihre Persönlichkeit war so ulkig, dass es ihm beinahe so erschien, als hätte man die Manieren eines gewöhnlichen Fischweibs mit einem damenhaften Akzent, einer vornehmen Sprache und eleganter Schönheit versehen. „Was sagst du, Maury? Bitte? Ich habe schon die ganze Saison über auf eine Einladung zu einem von Lady Mayburys Bällen gehofft! Erinnerst du dich an den Ball letztes Jahr? Der hat uns genug Klatsch und Tratsch für den Rest der Saison geliefert!"

Wie konnte irgendwer dieser Kreatur auch nur den geringsten

Wunsch ausschlagen? „Stimmt, ich selbst habe heute ebenfalls eine Einladung zum Maybury-Ball erhalten. Gehen wir hin, Stanley."

Der Viscount warf ihm einen schockierten Blick zu. Harry ging nie auf Bälle oder zu Empfängen. Es war nicht seine Gewohnheit, junge, unverheiratete Damen zu treffen, noch zeigte er irgendein Interesse daran, sich unter den Rest der Hautevolee zu mischen.

Stanley zuckte beiläufig mit den Schultern. „Meinethalben. Richte Lady Maybury aus, dass wir anwesend sein werden", forderte er seine Schwester auf.

Dieses Mal machte sich Harry auf das Lächeln gefasst, und genau, wie er es vom letzten Mal erinnerte, brachte es auch diesmal das ganze Zimmer zum Strahlen. Kitty knickste. „Vielen Dank, Maury. Freut mich, Ihre Bekanntschaft gemacht zu haben, Lord Westerfield."

„In der Tat", war alles, was er herausbrachte, bevor sie das Zimmer verließ.

Und das war der Moment, in dem er eine Entscheidung traf.

Er würde nicht aufgeben, bis Kitty Stanley ihm gehörte.

Sie hatte sich auf den Maybury-Ball gefreut, seit sie diese Veranstaltung im letzten Jahr verlassen hatte. Dieser Ball bot alle jene Unterhaltung, die sie so liebte. Hier waren wichtige Männer und herausgeputzte Damen an einem Ort versammelt, wo Kitty ihre Interaktionen studieren konnte wie eine Wissenschaftlerin ihre Lieblingsspezies.

Die gesamte Hautevolee war anwesend und glitt in der neusten Mode und dem herrlichsten Schmuck über die Tanzfläche. Die heiratsfähigen jungen Frauen trugen ihre besten Ballkleider und die Luft vibrierte förmlich vor Nervenkitzel, der Kittys eigene Abenteuerlust anfeuerte. Ihr dunkeloranges Kleid entsprach der neusten Mode, hatte einen tiefen Ausschnitt, freie Schultern und die Ärmel waren mit dunkelroten Satinschleifen verziert. Eine passende Schleife formte ein *V* über ihrer Taille und fiel vorn über den Rock ihres Kleids. Sie trug ein neues Korsett ohne Schulterträger, das ihre Brüste anhob und ihre Taille besonders schmal erscheinen ließ.

Und doch war ihr Bemühen nicht der Absicht erfolgt, einen Ehemann zu ergattern. Für sie lag die Faszination vielmehr in einer gewissen Kunstfertigkeit – in der Wahl eines Kleids in einer gewagten Farbe, das dennoch unendlich schmeichelhaft war, oder darin, ihre Beobachtungsgabe einzusetzen, um das Begehren und die Absichten der anderen Person auf dem Ball abzuleiten. Auf gewisse Weise war sie ein Mauerblümchen, allerdings hatte sie sich selbst dafür entschieden.

Für sie war Lord Westerfields Anwesenheit auf dem Ball keine Überraschung, für die meisten anderen Besucher jedoch schon. Soweit Kitty wusste, war er seit Jahren auf keiner gesellschaftlichen Veranstaltung mehr aufgetaucht. Sie beobachtete sein Eintreffen mit Belustigung und lauschte dem aufgeregten Zwitschern der unverheirateten jungen Damen, das in die Luft stieg. Lord Westerfields Name war längst von der Liste der begehrten Junggesellen gestrichen worden, aus dem einfachen Grund, weil es unmöglich war, ihm zu begegnen. Und doch war er hier – der buchstäbliche Hauptgewinn – attraktiv, mit Titel, und einer der vermögendsten Männer des Adelsstands, vor allem dank spekulativer Investitionen und Glücksspiel. Er war etwas älter, aber nicht zu alt – etwa Mitte dreißig. Und Maury hatte ihr verraten, dass er geradezu ein Genie war, wenn es um Zahlen ging.

Es dauerte eine geraume Zeit, bis er sich seinen Weg durch den Ballsaal gebahnt hatte – immer wieder wurde er von Müttern belagert, die ihm ganz dringend ihre Töchter vorstellen wollten, dann von einer Gruppe junger Gentlemen, die ebenfalls ganz verzweifelt Eindruck schinden wollten. Westerfield schien unbeeindruckt. Weder lächelte er, noch sagte er viel. Tatsächlich flog sein Blick regelrecht gelangweilt durch den Saal. Schließlich wanderten seine Augen zu ihr, ihre Blicke trafen sich unbeabsichtigt und er ertappte sie bei ihrer Beobachtung. Sie schnappte nach Luft und wollte sich zwingen, den Blick abzuwenden, schaffte es jedoch nicht. Sie war regelrecht erstarrt, fassungslos, während er mit den Männern neben sich sprach und schließlich in ihre Richtung kam, die Augen noch immer unbeirrt auf sie geheftet.

Mit großer Mühe wandte sie endlich den Blick ab und spürte, wie Hitze über ihren Hals kribbelte, was sie verärgerte. Es sah ihr nicht ähnlich, auf einem Ball nervös zu werden.

„Miss Stanley." Seine Stimme klang tief und weich und schien ihren ganzen Körper in Schwingungen zu versetzen, bis hinunter in ihre kleinen Zehen.

„Lord Westerfield." Die Worte purzelten nur so aus ihrem Mund, als sie grüßend knickste.

„Würden Sie mit mir tanzen?"

Sie brauchte eine glatte Sekunde, um sich vom Schock zu erholen und ihre behandschuhten Finger in seine ausgestreckte Hand zu legen.

„Lord Westerfield", brachte sie irgendwie hervor, während er sie auf die Tanzfläche führte. „Sie überraschen mich."

„Inwiefern?"

„Sie haben meine Abendunterhaltung ruiniert."

Er warf ihr einen fragenden Blick zu, dann führte er sie gekonnt in den Tanz.

„Ich wollte die nächsten Stunden dabei zusehen, wie der

Rest der Gesellschaft Ihretwegen völlig aus dem Häuschen gerät, aber Sie haben mich ertappt. Wie es scheint, werde *ich* nun dabei beobachtet, wie ich mich beim begehrten Lord Westerfield einschmeichle."

Es freute sie, als seine ausdruckslose Maske verrutschte und seine Mundwinkel in ein Lächeln zuckten. „Tun Sie das denn?"

„Mich einschmeicheln? Offensichtlich. Merken Sie das nicht? Sollte ich angestrengter mit den Wimpern klimpern? Zu schade, dass meine Mutter tot ist, ansonsten könnte ich sie herüberwinken, damit sie sich nach Ihrer Mutter erkundigt. Apropos, wie geht es Ihrer Mutter?"

Westerfield gluckste, eine weitere, unerwartete Reaktion. Die meisten Gentlemen hielten Kittys vorlautes Geplauder für ungehobelt. Auch wenn sie vernünftig erzogen worden war und Manieren hatte, ließ sie diese oft links liegen, um zu schockieren. Sie mochte es, die Auswirkungen ihrer direkten Art auf eine Unterhaltung zu beobachten – die Art und Weise, wie sich Menschen vor Unbehagen wanden, wenn sie eine Wahrheit aussprach, die nicht laut ausgesprochen werden durfte.

„Sind Sie sich sicher, dass ich eine Mutter habe?"

„Oh, allerdings. Ich bin bestens über die für Sie relevanten Einzelheiten informiert: Junggeselle, attraktiv, adlig, vermögend. Progressiv, tendenziell Reformpolitiker, der im Parlament jedoch nur sehr selten das Wort ergreift, wenn überhaupt. Ich kenne Ihre Mutter, die Gräfinnenwitwe, die derzeit in Stanbrook residiert, Ihrem Landsitz. Wenn sie jedoch einmal in London ist, klagt sie lautstark darüber, dass Sie sich so lange Zeit lassen, um zu heiraten – genau wie die jungen Damen."

„Was noch?", forderte er sie weiter auf.

„Es ist nicht einfach, Sie zu treffen – was die jungen Damen ebenfalls bekümmert – und noch schwerer ist es, Sie wirklich kennenzulernen. Sie führen kaum Konversationen, vor allem nicht in Gruppen, dabei ist Ihr Verstand einer der klügsten in ganz England, insbesondere in Mathematik und Ökonomie. Sie haben mehrere Investitionen getätigt, die einen zehnfachen Profit erzielt haben."

Westerfield starrte sie an, als wäre er vollkommen fasziniert von ihr. Eine solche Reaktion war sie ganz und gar nicht gewohnt, und um ein Haar stolperte sie über ihre eigenen Füße.

„Und weiter?", fragte er leise, ohne den Blick von ihrem Gesicht abzuwenden.

Sie legte den Kopf zur Seite, bewegte sich mit ihm zusammen zum Rhythmus der Musik und konnte nicht umhin, seine Anmut und seine gekonnten Bewegungen zu bewundern, diese Leichtigkeit, die seinen großen Körper Lügen strafte.

„Sie spielen gern und gewinnen immer. Maury glaubt, Sie hätten eine dieser übermenschlichen Erinnerungen und könnten Karten zählen."

„Ihr Bruder spricht mit Ihnen über seine Spielgewohnheiten?" Er sah nicht erfreut aus, was viel eher dem gesellschaftlichen Brennstoff entsprach, den sie üblicherweise entzündete.

Zufrieden grinste sie ihn an und beugte sich ihm ein klein wenig entgegen. „Sie wären überrascht, wie viele Ihrer Geheimnisse ich kenne, Lord Westerfield."

Doch anstatt anzubeißen, grinste er nur. „Ich erkenne einen Bluff, wenn ich ihm begegne, Miss Stanley."

Grundgütiger, Lord Westerfield war einfach unerhört *charmant*.

Sie starrte auf die ausgeprägten Züge seines Gesichts – die patrizische Nase, der kantige Kiefer, die wachen, intelligenten Augen. Ohne das Lächeln wirkte sein Anblick einschüchternd. Doch wenn er lächelte, wurden ihre Knie weich. Oder war es lediglich die Tatsache, dass er sie so leicht durchschaute? Die meisten Menschen konnten das nicht oder gaben sich nicht die Mühe.

„Na schön, Geheimnisse anderer Menschen dann eben", stammelte sie eilig und klang atemlos.

„Erzählen Sie mir mehr", forderte er sie leise auf und senkte den Kopf auch ein wenig mehr in ihre Richtung.

WENN ER DIE Daten über seine Anziehung zu Miss Stanley erheben würde, dann würde sich seine Faszination alle fünf Minuten verdoppeln. Allein das federleichte Rascheln ihres aufgebauschten Rocks an seinen Beinen ließ ihn erschaudern. Er hatte seinen Kopf tief zu ihr hinuntergebeugt und konnte ihr Parfüm riechen, eine schwere, exotische Süße – Vanille womöglich. Das Verlangen, mit der Zungenspitze von ihrem Schlüsselbein hinauf zu ihrem Ohr zu lecken, während sie ihm unter ihren Wimpern einen koketten Blick zuwarf, überwältigte ihn beinahe.

„Hören Sie her, Lord Westerfield. Sehen Sie Lady York dort drüben, die eine Miene macht wie drei Tage Regenwetter?"

„Ja."

„Sie bläst Trübsal, weil sie sich in den Bruder ihres Mannes verliebt hat, der in diesem Moment mit Miss Angelton tanzt. Ich glaube, sie sind bereits intim geworden – Lady York und der andere Mr. York, nicht Mr. York und Miss Angelton. Miss Angelton ihrerseits war zunächst fest entschlossen, Captain Baycroft von seinem Interesse an Prudence Pennyfort abzulenken. Allerdings war sie nur eine von vielen Damen, die ausgesprochen eingenommen von Ihrem Eintreffen auf diesem Ball zu sein schienen, also wird sie ihren Feldzug gen Baycroft für heute Abend möglicherweise einstellen, sobald Sie ihr ein Zeichen der Ermutigung zugestehen."

„Ist das Ihr Versuch, meine Aufmerksamkeit von Ihnen abzulenken?"

Miss Stanley lachte bellend auf. „Sicherlich nicht. Und selbst wenn es das wäre, würde ich Sie nicht in die Arme von Miss Angelton treiben."

„Warum nicht?"

Sie zuckte beiläufig mit den Schultern. „Sie ist zu still. Sie selbst sind nicht gerade für Ihre anregenden Unterhaltungen bekannt, also würde man bei einem Dinner einen, nun ja, sehr stillen Tisch riskieren, wenn man Sie beide zusammensetzen würde. Andererseits ist das vielleicht genau das, wonach Sie suchen?" Fragend zog sie eine Augenbraue hoch.

Er musste laut über ihre unverfrorene Beobachtung seiner Konversationsfähigkeiten lachen, und antwortete schließlich glucksend: „Also würde ich besser zu einer Dame wie beispielsweise Ihnen passen?"

„Mir?", erwiderte sie mit wirklicher Überraschung. „Ich würde einen Mann wie Sie mit meinem Geschwätz doch in den Wahnsinn treiben."

„Würden Sie das?"

Ihre Haut war weicher als alles andere, was er je gespürt hatte – goldene Seide ohne den geringsten Makel, bis auf einen einzigen Schönheitsfleck auf der Wange mit dem Grübchen. Die Hügel ihrer vollen Brüste wurden nach oben zusammengedrückt und fielen ihr beinahe aus dem Mieder, was dazu führte, dass es ihm regelrecht in den Fingern juckte, eine Brust zu befreien – lediglich aus dem Grund, um ihre entfesselte Form zu bewundern. Er malte sich aus, welche Farbe wohl ihre Nippel hatten – das Pflaumenrot ihrer Lippen, womöglich. Oder vielleicht ein bisschen heller, wie ein Pfirsich.

„Würde ich das nicht?", forderte sie ihn nun heraus. Abgesehen von der vermuteten Perfektion ihrer Brüste war es vor allem ihre Direktheit, die ihn so in ihren Bann zog – sie lockte ihn aus sich selbst heraus und zwang ihn, mit ihr in den Austausch zu treten. Sie hatte mit ihrer Behauptung absolut richtig gelegen: Er war ein miserabler Gesprächspartner. Und doch tanzte er in diesem Moment mit der schönsten Dame auf dem Ball, ohne auch nur einen Augenblick unbeholfener Stille durchstehen zu müssen.

„Womöglich würden Sie mich in den Wahnsinn treiben", murmelte er. „Vermutlich jedoch nicht mit Ihrem Geschwätz."

Sie runzelte die Augenbrauen, als ob sie die Bedeutung hinter seiner Bemerkung entschlüsseln wollte, dann plötzlich flogen ihre Augen auf und eine betörende Röte legte sich über ihre Wangen.

„Womit würde ich Sie denn in den Wahnsinn treiben, Lord Westerfield?", erkundigte sie sich zögerlich, um ihre Vermutung zu bestätigen.

Als er nicht antwortete, hakte sie mit ihrer so charakteristischen Unverblümtheit nach. „War das eine derbe Bemerkung?"

„Selbstverständlich nicht, Miss Stanley." Er unterdrückte jeden Anflug des Lächelns, das er empfand.

„Wirklich nicht, Lord Westerfield? Denn ich glaube, ich habe gerade gesehen, wie Sie an der Vorderseite meines Kleids hinuntergeblickt haben, oder habe ich mir das nur eingebildet?" Ihr Tonfall war neckend, doch wieder wurden ihre Wangen rot, dunkler diesmal, als sie vermutlich begriff, dass sie sich in ein Terrain jenseits des Anstands vorwagte. Sie strauchelte, löste ihre Hand aus seiner und tastete nach ihrem Ausschnitt. „Oder haben Sie nur den auffälligen Mangel von Schmuck festgestellt, der in einem Widerspruch zu den anderen Damendekolletés auf dem Ball steht?"

Sie konnte ihm nicht länger in die Augen sehen und

entschied, ihren Blick durch den Ballsaal schweifen zu lassen, um ihre Verwirrung zu vertuschen. Er fragte sich, ob sie ihren eigenen Mangel oft in den Mittelpunkt zerrte, um abzulenken.

„Fühlen Sie sich unzulänglich?", fragte er leise, denn es interessierte ihn tatsächlich. In seiner Vorstellung war er bereits auf dem Weg zu einem Juwelier, um die perfekte Halskette für Miss Stanley zu kaufen.

„Natürlich nicht", erwiderte sie ein wenig zu eilig. „Ich trage ein oranges Kleid, was mehr könnte eine Frau wollen?"

Das war eine unglaublich lächerliche Feststellung – denn natürlich würde sich keine andere Dame außer ihr ein Kleid in dieser Farbe wünschen. Er war sich sicher, dass sie das nur allzu gut wusste und über sich selbst lachte, also lachte auch er lauthals. Sie warf ihm einen dankbaren Blick zu.

Der Tanz endete, doch Harry hatte nicht vor, Kitty Stanley wieder gehenzulassen. Jemals. „Noch ein Tanz, Miss Stanley?"

Sie warf ihm einen schockierten Blick zu, bevor sie sich nach allen Richtungen im Ballsaal umsah. „Möchten Sie hier irgendjemanden eifersüchtig machen?"

Wieder lachte er prustend. Sie schien tatsächlich nicht zu begreifen, dass er ihr den Hof machte.

Sie zuckte mit den Schultern. „Nun ja, ich habe ein paar Tänze versprochen, doch keiner dieser Tanzpartner würde unter den Gästen das gleiche Maß an Eifersucht heraufbeschwören wie Sie, also nur zu, Lord Westerfield. Führen Sie."

Die Vorstellung anderer Werber gefiel ihm nicht. Auf der Suche nach möglichen Rivalen wanderte sein Blick durch den Saal. Ein Anflug der Nervosität blitzte in ihm auf. Womöglich würde es sich als ein langer, schleppender Prozess erweisen, Kitty Besuche abzustatten und auf Bälle zu begleiten, ohne jemals die Gewissheit zu haben, dass sie seine Zuneigung erwiderte. Jetzt zu realisieren, dass er Mitstreiter hatte, verärgerte ihn. „Wem haben Sie diese Tänze denn versprochen?"

„Oh, nur einigen Freunden. Gentlemen, die mit einer Dame in Orange gesehen werden wollen und dergleichen."

Er lachte, irgendwie erleichtert. Mit einem abschätzenden Blick sah sie zu ihm auf. „Warum *sind* Sie heute Abend hier, Lord Westerfield?"

„Um mit Ihnen zu tanzen."

Ihre Augen wurden schmal. „Sicherlich nicht", erwiderte sie zweifelnd.

Er nickte.

„Nein."

„Doch."

„Hat mein Bruder Sie dazu angestachelt?"

Verwirrt runzelte er die Stirn. „Wie meinen Sie?"

„Haben Sie eine Wette mit ihm verloren oder etwas dergleichen? Und als Wettschuld müssen Sie nun mit mir tanzen, um meinen Status aufzuwerten?" Sie stieß einen Seufzer aus. „*So* schlecht ist es nun auch nicht um mich bestellt", murmelte sie schmollend. „Es ist erst meine zweite Saison. Ich habe spät angefangen, wissen Sie?"

„Das wusste ich nicht. Und seien Sie doch nicht albern – ich bin nicht wegen Ihres Bruders hier."

Für einen Moment starrte sie ihn an. „Meinethalben. Behalten Sie nur für sich, warum Sie hier sind. Ich werde es schon noch herausfinden, Lord Westerfield. Ich bin ziemlich gut darin, Beweggründe aufzudecken."

„Daran hege ich keinen Zweifel", bemerkte er sanft und ein wenig enttäuscht darüber, dass sie nicht glaubte, er würde wahrhaftig um sie werben. Doch ihre Bemerkung über ihren Bruder brachte ihn auf einen Gedanken, wie er seine Chancen verbessern konnte.

Denn Harry hatte nicht vor, diese Wette zu verlieren.

. . .

„Zwei Tänze mit Lord Westerfield?"

„Ich weiß. Ich verstehe nicht, worauf er es abgesehen hat."

„Ich würde sagen, er hat es darauf abgesehen, um dich zu werben, meine Liebe", erklärte Teddy, während er sie in einem Walzer durch den Ballsaal wirbelte. Der flotte Bruder ihrer besten Freundin Wynn – Lord „Teddy" Fenton – war bei Weitem ihr Lieblingstanzpartner. Als Freund aus Kindertagen teilte er ihren sarkastischen Sinn für Humor über die Gesellschaft und verströmte die Anmut und die Leichtigkeit eines Mannes, der viel vertrauter mit den Damen war, als es sich gehörte. Bei ihm brauchte sie sich nie Sorgen darüber zu machen, zu fest an seinen Körper gedrückt zu werden oder die falschen Signale zu senden, denn zwischen ihnen herrschte die perfekte Übereinkunft, dass ein gemeinsamer Tanz nicht mehr bedeutete als genau das.

„Ganz sicher nicht. Harry Westerfield wirbt um niemanden. Er spielt und löst mathematische Rätsel."

„Nun, so wie er gerade dreinblickt, möchte er mir in diesem Moment am liebsten den Kopf abreißen, also schätze ich, dass du dich irrst."

Kitty versuchte, den Kopf zu drehen und einen Blick auf Lord Westerfield zu erhaschen, doch Teddy wirbelte sie einfach zu schnell über das Parkett, und die Gesichter der anderen Gäste waren nur ein verwischtes Farbenmeer.

„Er hat keinen Grund, um mich zu werben. Niemand wirbt um mich. Ich bin die Sorte Frau, die man besser aus der Ferne bewundert."

Teddy prustete. „Und was für eine Sorte bin ich?"

„Die Sorte, die besser von den bereits Verheirateten genossen wird. Apropos, Lady Dunning macht dir bereits den ganzen Abend über schöne Augen. Ignorierst du sie absichtlich?"

„Grundgütiger, ja. Ich habe sie einmal genommen und sie war schlimmer als eine Jungfrau. Jetzt hört sie nicht auf, mir

Liebesbriefe zu schreiben. Ich versuche, sie von ihrer Schwärmerei abzubringen."

„Du könntest sie an Captain Morse abwälzen. Er wirkt regelrecht elendig, seit er aus dem Krieg zurückgekommen ist. Ein bisschen Aufmerksamkeit würde ihm guttun."

„Er hat eine Frau!"

„Ja, aber ich glaube, seine Frau ist anderweitig beschäftigt."

„Mit wem?"

„Lord Merriweather."

„Nun, kein Wunder, dass Captain Morse todunglücklich ist."

„Ganz genau. Wenn du also Lady Dunning an ihn weiterreichst, hätten alle was davon!"

Wieder prustete Teddy. „Und wie genau soll ich das anstellen?"

„Sag ihr, dass du verzichtest, weil ein enger Freund von dir bis über beide Ohren verliebt in sie ist und du kein Zerwürfnis zwischen euch verursachen willst. Und ich mache ihr gegenüber eine Anspielung, wer dieser Freund ist."

Teddy lachte und der kurze Tanz kam zum Ende. „Vielen Dank, Miss Stanley", sagte er mit einer knappen Verbeugung und übertriebener Formalität. „Ich werde Ihren Ratschlag befolgen und bedanke mich für Ihre Unterstützung in dieser Angelegenheit." Er hob ihre behandschuhten Finger an seine Lippen und warf dabei einen Blick über ihre Schulter. „Mh-hm", murmelte er zufrieden.

„Was?", sagte Kitty und wollte sich bereits umdrehen, doch Teddy zog an ihrer Hand und hielt sie fest. „Nicht hinschauen – sein Blick brennt dir gerade ein regelrechtes Loch in den Rücken." Teddy zwinkerte ihr zu, dann ließ er sie stehen, während sie diese Information verarbeitete.

Wynn, die ebenfalls gerade die Tanzfläche verließ, trat zu

ihr, und Kitty hakte sich bei ihrer Freundin unter. „Wie war er?"

Wynn stieß ein missbilligendes Geräusch aus, auch wenn ihr Ausdruck für alle anderen weiterhin heiter und wohlwollend wirkte.

„So schlimm?"

Sie nickte, ohne dass ihr freundliches Lächeln verrutschte.

„Tut mir leid."

Wynn zuckte mit den Schultern. „Geht es nur mir so, oder hast du auch das Gefühl, dass wir niemals heiraten werden?"

„Das geht nur dir so. Ich persönlich hoffe noch auf einige Jahre der Freiheit." Kitty blickte sich um und sah, wie ihr Bruder eine junge Dame auf die Tanzfläche führte. „Obwohl ich dank Maurys Spielgewohnheit nächstes Jahr vermutlich dieselben Kleider tragen werde."

„Ich finde, du solltest Edward darüber in einem Brief informieren", erklärte Wynn. Sie sprach von Kittys älterem Bruder, dem Pragmatiker, der eine vernünftige Heirat eingegangen war und den Familiensitz in Penrock verwaltete.

„Er wäre völlig erbost. Er hat die ganze Arbeit mit Penrock, um sicherzustellen, dass es einen ordentlichen Profit abwirft, während Maury das ganze Geld in Spielhallen und Bordellen verprasst. Und was sollte der arme Edward schon dagegen unternehmen?"

„Nun, er wird schon bald genug davon erfahren, oder etwa nicht?"

„Ja. Es sei denn, Maurys Glück wendet sich."

Wynn lachte trocken auf. „An deiner Stelle würde ich versuchen, so schnell wie möglich einen Ehemann zu finden, bevor Maurys Ruf Schaden nimmt und er dich mit ins Verderben reißt."

„Oh, ich glaube nicht, dass es dazu kommen wird. Oder

besser gesagt, ich gebe selbst mein Bestes, um meinen Ruf mit meiner unverblümten Zunge zu ruinieren. Ich weiß, was über mich geredet wird – dass ich sonderbar wäre und ‚kein Mann je solche Worte an seinem Esstisch hören wollte'."

„Sei doch nicht albern. Es gibt genug Männer, die deine Unterhaltungen zu schätzen wissen. Ich zumindest tue das."

Kitty schenkte Wynn einen liebevollen Blick. „Das musst du sagen, meine Liebe, du bist schließlich meine beste Freundin."

„Nein, es stimmt! Teddy sieht es genauso."

„Teddy hat mir doch überhaupt erst verraten, was die anderen Gentlemen über mich erzählen", erwiderte Kitty trocken.

Wynn kicherte. „Dann glaube nicht, was er sagt – er zieht dich nur auf. Wie auch immer, ich denke, du tust nur so, als würdest du keinen Ehemann wollen, damit du dir keine Mühe geben brauchst. Du tust lieber so, als wärst du ein Mauerblümchen, damit du kritisieren kannst, anstatt dich mit dem Rest von uns in die Menge zu stürzen."

Kitty biss sich auf die Unterlippe. Diese Beobachtung kam der Wahrheit so nah, dass es schon unangenehm war. Weil sie erkannte, dass sie einen wunden Punkt getroffen hatte, drückte Wynn ihre Hand. Kitty zwang sich ein Lächeln auf die Lippen und zuckte eilig mit den Schultern.

MAURY BEOBACHTETE, wie Lord Westerfield jeden Versuch einer Unterhaltung mit seinen Bekannten abblockte und seine Aufmerksamkeit stattdessen einzig und allein auf Kitty richtete. Zum ersten Mal in all den Jahren, die er diesen Kerl bereits kannte, konnte er ihm in die Karten schauen. Rückblickend hätte er in dem Augenblick, in dem Westerfield die Einladung zum Ball angenommen hatte, ahnen müssen, dass es um Kitty gegangen war. Doch er hatte nie zuvor erlebt, dass sein Freund Interesse an einer Frau gezeigt hat. Maury schlenderte zu Harry hinüber und stellte sich neben ihn.

„Hast du ein Faible für orange Kleider?"

Westerfield warf ihm aus dem Augenwinkel einen Blick zu. „Ja."

Dieses Eingeständnis überraschte Maury, Harrys Vorliebe jedoch nicht. Maurys Schwester war wunderschön, und auch, wenn viele ihre forsche Art für unanständig hielten, rührte sie von geistreicher Intelligenz her, die einen Mann wie Westerfield – dessen Wortkargheit vermutlich auf Langeweile in den meisten anderen Unterhaltungen fußte – gut und gern unterhalten könnte. Ob Kitty Westerfield ebenfalls attraktiv fand, konnte er nicht sagen. Doch er wusste, dass sie einen Mann brauchte, der mindestens so scharfsinnig war wie sie, und Westerfield erfüllte diese Voraussetzung mit Bravour.

„Zwanzigtausend für ihre Hand in der Ehe."

Maury verschluckte sich beinahe an seinem Champagner. Er räusperte sich und wusste ganz genau, dass er sich gerade in die Karten hatte schauen lassen. Nicht, dass Westerfield es nicht längst gewusst hätte. Es war die exakte Summe, die Maury dem Spencer's schuldete.

„Zehn bei Unterschrift des Vertrags, und zehn, wenn die Ehe geschlossen ist."

Er schluckte die Frage hinunter, die ihm auf der Zunge lag – warum glaubte Westerfield, er müsse seine Schwester kaufen? Doch diese Frage laut auszusprechen, hieße, darauf anzuspielen, dass es *nicht* nötig sei. Und natürlich brauchte er das Geld.

Maury beobachtete seine Schwester, die mit einem gut aussehenden, jungen Army Captain tanzte. Als das Paar an den beiden Männern vorbeiwirbelte, wurden Westerfields Augen schmal und Maury begriff. Er sicherte seinen Einsatz ab. Er sicherte seinen Anspruch auf den Hauptpreis durch einen Vertrag, um das Risiko, das die Launen einer Dame mit sich brachten, zu minimieren.

Wie würde Kitty diese Vereinbarung aufnehmen? Augenblicklich verbannte er diesen Gedanken. Es machte keinen Unterschied. Er brauchte das Geld. Sie beide brauchten es. Und Westerfield war eine hervorragende Wahl für eine junge Dame.

Er bot Harry seine Hand an. „Abgemacht."

Westerfield ergriff seine Hand, schüttelte sie und sah zufrieden aus. „Ich bringe den Vertrag und den Scheck morgen vorbei."

ZWEITES KAPITEL

*H*arry ließ sich zurück in Stanleys rotes Ledersofa sinken und schlug die Beine übereinander. Er verspürte das gleiche Hochgefühl, das er immer empfand, wenn er eine Wette gewann und seinen Preis einsammelte. Lord Stanley hatte den Vertrag unterschrieben und wie versprochen seine Schwester holen lassen.

Ein leises Klopfen kündigte Kitty an, dann drückte sie die Tür auf und betrat mit einem verwunderten Ausdruck auf dem Gesicht das Zimmer.

Harry stand auf und verbeugte sich.

Sie machte einen Knicks. „Lord Westerfield. Wie schön, Sie wiederzusehen." Sie sah überrascht aus. Lord Stanley hatte sie offenbar nicht über diese Angelegenheit in Kenntnis gesetzt.

„Die Freude ist ganz meinerseits", erwiderte er.

„Setz dich, Kitty. Wir müssen uns unterhalten." Stanley deutete auf einen leeren Stuhl.

Ihr Lächeln erlosch und sie runzelte die Augenbrauen. Harry warf ihr ein – wie er hoffte – freundliches Lächeln zu, was ihre Besorgnis allerdings nur zu verschlimmern schien.

Sie nahm auf der Stuhlkante Platz und faltete sittsam die Hände.

„Lord Westerfield ist hier, um um deine Hand anzuhalten, Kitty, und ich habe ihm meine Zustimmung erteilt."

Kitty fiel der Mund auf. „Wie bitte?"

„Die Ankündigung wird morgen veröffentlicht und die Ehe in zwei Wochen geschlossen."

„Unter keinen Umständen!", widersprach sie aufbrausend. „Vergisst du bei diesem Arrangement nicht ein kleines Detail?" Herausfordernd zog sie die Augenbrauen hoch. „Werde ich in dieser Angelegenheit überhaupt nicht nach meiner Meinung gefragt?"

Stanley runzelte die Stirn. „Tut mir leid, Kitty, aber es ist beschlossene Sache."

Innerlich stöhnte Harry auf. Stanley handhabe die Angelegenheit ganz und gar nicht souverän.

Kitty sprang auf und stemmte die Hände in die Hüfte. Sie fuhr herum und warf Harry einen eiskalten Blick zu. „Darf ich meinen Bruder für einen Moment unter vier Augen sprechen?"

„Nein, Kitty", unterbrach Maury. „Diese Angelegenheit betrifft auch Lord Westerfield, und abgesehen davon, gibt es nichts zu besprechen. Wie bereits erwähnt, es ist beschlossene Sache."

„Wie kann es das sein?" Ihre Stimme wurde lauter. „Stand ich vor einem Pfarrer und habe gelobt, zu lieben, zu ehren und zu gehorchen? Nein, das habe ich nicht und werde es auch niemals tun, wenn nicht ordentlich um mich geworben und um meine Einwilligung gebeten wird, anstatt dass mich mein dickköpfiger Bruder über meine Hochzeit in Kenntnis setzt, als ob wir uns im Mittelalter befänden!"

Nun erhob sich auch Stanley und antwortete mit dröhnender Stimme. „Genau das wirst du tun, denn ich habe es dir befohlen und du hast keine andere Wahl. Wenn du dich weigerst, werde ich jegliche Unterstützung einstellen – keine Kleider mehr, keine Bälle mehr, keine Saisons mehr in London."

Harry sprang auf, denn er wollte diesen Streit unterbinden. Zwei Köpfe flogen zu ihm herum und die beiden starrten ihn an, während sich Schweigen im Zimmer ausbreitete. Kittys Brust hob und senkte sich heftig, als bekäme sie in ihrem engen Korsett kaum noch Luft. Er verfluchte sich dafür, sich über diesen Teil des Plans nicht mehr Gedanken gemacht zu haben.

„Wenn sie möchte, dass ordentlich um sie geworben wird, dann wird ordentlich um sie geworben", bemerkte Harry beschwichtigend und versuchte, die Lage zu beruhigen, ohne noch mehr Schaden anzurichten. „Kitty", begann er und sah, wie ihre Augen aufblitzten, als er sie mit ihrem Vornamen ansprach. „Gewähren Sie mir einen Monat, um Ihnen vernünftig den Hof zu machen, und anschließend können Sie Ihre Entscheidung treffen."

Sie beäugte ihn skeptisch.

„Es wird Ihre Entscheidung sein", versprach er.

Ihre Augen hefteten sich auf seine und suchten misstrauisch nach Aufrichtigkeit in seinem Blick.

„Unter keinen Umständen", widersprach Stanley.

Dieser verfluchte Kerl! Konnte er nicht einfach seinen Mund halten?

„*Ohne Vertragsstrafe*", presste er hervor, ohne den Blick von Kitty abzuwenden.

Sie erstarrte und ihre Augen wurden groß. Wie in Zeitlupe drehte sie sich zu ihrem Bruder um und blickte ihn an.

„*Ohne was für eine Vertragsstrafe?*" Ihre Worte klangen leise und bedrohlich.

Sogar Stanley erkannte den Fehltritt. „Ach, nichts", sagte er eilig.

Kitty drehte sich wieder zu Harry herum. „Ohne *was* für eine Vertragsstrafe?"

Er konnte nicht antworten. Sein grandioser Plan, sich seine Braut zu sichern, erschien ihm nun gar nicht mehr so grandios. Tatsächlich kam es ihm vielmehr so vor, als hätte er einen fatalen Fehler begangen.

„Hast du mich etwa verkauft, Maury?" Ihre Stimme war kaum noch mehr als ein Flüstern, und doch vermittelte ihr Tonfall allen Zorn der Furien.

„Es ist beschlossene Sache, Kitty", erwiderte Maury finster. „Du hast keine Wahl."

Strauchelnd wich Kitty vor ihnen zurück und krallte die Finger in ihr Kleid, verzweifelt bemüht, ihr Korsett zu lösen und wieder zu Atem zu kommen. Sie bebte sichtlich am ganzen Körper und während sie zurückstolperte, streckte sie eine Hand aus, um sich am Kaminsims festzuhalten. Mit einem langen Schritt schloss Harry die Lücke zwischen ihnen und ergriff ihren Ellbogen, um sie zu stützen. Ihre Augen blickten unfokussiert und er trat eilig einen weiteren Schritt vor, bereit, sie aufzufangen, sollte sie ohnmächtig zu Boden sinken, doch sie erholte sich und machte sich erneut daran, ihr Korsett zu öffnen. Als sich ihre Augen einmal mehr auf ihn richteten, schwammen sie vor Tränen.

Oh, Gott.

Sein Herz zog sich zusammen. Diese Tränen waren tausendmal schlimmer als ihr Zorn.

„Warum?", krächzte sie.

Warum?

„Bin ich ein so schrecklicher Kandidat?", wisperte er.

Sie blinzelte und ihre Augen liefen über. Tränen rollten in perfekten Linien über ihre Wangen.

„Das ist es nicht – ich verstehe es nur einfach nicht. Was wollen Sie denn mit mir?"

Er starrte sie an. Glaubte sie noch immer, er würde sie

nicht begehren? „Es gibt keinen Trick, Kitty. Ich möchte, dass Sie meine Frau werden."

Sie schüttelte den Kopf, lehnte sich zurück an den Sims und zog sich aus seinem Griff, ohne es zu offensichtlich zu machen.

„Und deshalb sind Sie einen Handel eingegangen? Haben einen Vertrag aufgesetzt?" Ihr hohler Ausdruck spiegelte das geschlagene Hängen ihrer Schultern und ihre zusammengepressten Lippen wider.

Keiner der beiden Männer antwortete.

Sie blickte von einem zum anderen, und schließlich hafteten sich ihre Augen auf Stanley. Es schien, als hätte sie dort etwas Unumstößliches erblickt, denn ein Muskel in ihrem Kiefer zuckte und sie stieß einen lauten Seufzer aus. Seit Langem ein Meister darin, sich aus jeglichen emotionalen Konfrontationen herauszuziehen, war diese Situation nun die perfekte Folter für Harry. Kittys Schmerz war ihm eine Qual, und doch konnte er ihr keinen Trost bieten, außer den Vertrag aufzulösen, und dazu würde es niemals kommen.

Doch noch während er zu ihr sah, schien Kitty sich zu erholen. Sie schluckte, glättete ihr Gesicht und reckte das Kinn. „Na schön. Wie ich sehe, habe ich in dieser Angelegenheit keine Wahl. Hier sind meine Bedingungen: Wir heiraten in zwei Monaten, nicht in zwei Wochen. Ich erwarte eine Summe für das Kleid. Ich will einen Ring und ich erwarte, dass Sie mich für den Rest der Saison angemessen zu allen Empfängen und Bällen begleiten." Ihr trotzig vorgestrecktes Kinn forderte ihn heraus, ihr diese Bitten abzuschlagen. „Fügen Sie das zum Vertrag hinzu."

„Wird erledigt", stimmte er leise zu und bewunderte insgeheim, wie schnell sie sich mit ihrem neuen Lebensumstand arrangiert hatte. „Gibt es weitere Bedingungen?"

„Ja", sagte sie und wandte sich an ihren Bruder. „Du hörst mit dem Spielen auf. *Für immer.*"

Also war sie über das Problem ihres Bruders im Bilde.

„Nein", antwortete Stanley rundheraus. Dickköpfigkeit lag scheinbar in der Familie. „*Wir* stehen nicht in Verhandlungen. Ich habe es dir gesagt – es ist beschlossene Sache."

Kitty presste die Lippen zusammen und drehte sich zu Harry um, deutete einen Knicks an und stolzierte mit königlichem Flair aus dem Zimmer.

„Tut mir leid", murmelte Stanley, nachdem die Tür ins Schloss gefallen war.

Harry starrt ihn an. „Sie ist deine Schwester. Du hättest voraussehen können, wie sie reagiert."

„Sie wird sich schon wieder fangen", versprach Stanley, doch Harry glaubte, Zweifel in seiner Stimme zu hören.

AM NÄCHSTEN TAG sprach Kitty kein Wort mit Maury. Ihre Gesellschafterin Miss Anderson riet ihr dazu, das Beste aus allem zu machen, doch sie war noch immer zu wütend. Sie begriff natürlich, dass Maury Geld brauchte, möglicherweise ganz verzweifelt. Hätte er sie einfach darum gebeten, hätte er sie einfach gefragt, sie hätte jedes nötige Opfer für ihre Familie gebracht. Es allerdings zu befehlen, als wäre sie sein Eigentum – das war unverzeihlich.

Am folgenden Morgen, nach einem weiteren Frühstück in angespannter Stille, ergriff Maury schließlich das Wort. „Ich werde Lord Westerfield heute zum Abendessen einladen."

„Nur zu", erklärte Kitty kühl. Für einen Moment knirschte sie mit den Zähnen, dann fügte sie hinzu: „Ich werde auch Wynn und Teddy eine Einladung schicken, damit sie uns Gesellschaft leisten."

Maury runzelte die Stirn, und sie machte sich bereits auf

eine Diskussion gefasst, doch dann seufzte er nur. „Sehr wohl."

„Sehr wohl", wiederholte sie. Ihr war bewusst, dass sie wie eine verzogene Zwölfjährige klang, doch sie konnte nichts gegen die schäumende Wut ausrichten, die sie noch immer für ihren Bruder empfand.

Am Abend traf Lord Westerfield als Erster ein, und um ihren Bruder zu ärgern, blieb Kitty auf ihrem Zimmer, um sich „fertig zu machen". Miss Anderson ging nervös in der Tür auf und ab und rang die Hände.

„Kommen Sie, Miss Stanley. Sie sorgen für einen schlechten Start mit dem Gentleman. Sie dürfen nicht vergessen, dass Sie den Rest Ihres Lebens mit Lord Westerfield verbringen werden. Wollen Sie in Liebe und Respekt zusammenleben oder wollen Sie die Widerspenstige spielen, bis er Sie übers Knie legt oder sich woanders verlustiert?"

„Sie helfen mir *nicht* im Geringsten", stieß Kitty zwischen zusammengebissenen Zähnen hindurch aus. In diesem Moment hörte sie den bronzenen Klopfer an der Eingangstür und sprang auf. „Das muss Wynn sein."

Sie hatte Wynn eine Nachricht zukommen lassen und erklärt, dass sie ihre Anwesenheit heute Abend ganz dringend benötigte und dass sie sich auf einen Schock gefasst machen sollte. Kitty eilte die Treppe hinunter in den Salon. Wynn und Teddy wurden vom Butler ins Zimmer geführt, gerade, als Lord Westerfield aufstand, um Kitty zu begrüßen. Ohne Rücksicht auf Anstand begrüßte sie zuerst Teddy, dann küsste sie Wynn auf die Wange. Erst, als die beiden Geschwister sich an Lord Westerfield wandten, um ihn zu begrüßen, schien auch Kitty ihn wahrzunehmen.

„Kennt ihr Lord Westerfield?" Sie drehte ihren Körper in seine Richtung, sah ihn jedoch nicht an. „Lord Westerfield, darf ich Ihnen Lord Fenton und seine Schwester Miss

Fenton vorstellen?" Sie wandte sich wieder an ihre Freunde. „Lord Westerfield und ich sind verlobt."

Wynn schnappte nach Luft. „Was für eine Überraschung!", rief sie aus.

„Ja, ein ziemlicher Schock, wenn man bedenkt, dass ich den Herrn kaum kenne", stimmte Kitty trocken zu. Sie warf sich die Haare über die Schulter. „Scheinbar dachte er, ich würde gut in seine Wohnstube passen."

Sie konnte Lord Westerfields Beleidigung förmlich spüren, konnte allerdings nicht anders, als fortzufahren. „Maury hat mich verkauft wie eine Kuh auf einer Auktion."

Maury krallte die Finger in ihren Oberarm. „Entschuldigt uns für einen Augenblick", sagte er knapp und zerrte Kitty unsanft aus dem Zimmer.

Er zog sie den Flur hinunter zu seinem Arbeitszimmer. „Ein solches Benehmen ist unentschuldbar. Ich warne dich nur ein einziges Mal", erklärte er eisig. „Du benimmst dich, oder ich sorge dafür, dass du es bereust."

„Mehr bereuen, als es bereits der Fall ist? Nur zu, versuch es!", wagte sie, ihm an den Kopf zu werfen.

Seine Hand schnellte vor, um ihr eine Ohrfeige zu verpassen, wurde jedoch auf halbem Wege von Lord Westerfields blitzschnellem Eingreifen aufgehalten.

„Beruhig dich, Stanley", sagte er. „Wenn du uns einen Moment allein lässt, kümmere ich mich um Kittys Disziplinierung", erklärte er.

Mit schmalen Augen dachte Maury über das Angebot nach. Kitty hielt die Luft an. Sie war sich nicht sicher, von welchem der beiden Männer sie lieber bestraft werden würde. Es überraschte sie nicht, als Maury zustimmte, denn seine Sorge um den Vertrag war sicherlich größer als seine Sorge um ihr Wohlergehen. Sie sah ihm nach, als er das Arbeitszimmer verließ, denn es widerstrebte ihr, hinauf in das ausdruckslose Gesicht ihres Verlobten zu blicken.

Lord Westerfield ging hinüber zum Sofa und nahm Platz. „Kommen Sie her, Miss Stanley."

Ihr Herz begann, heftig zu hämmern, und sie spürte, wie sie rot wurde. Würde nun passieren, wovor Miss Anderson sie gewarnt hatte? Würde er sie übers Knie legen?

Zögerlich trat sie vor ihn und nahm allen Mut zusammen, um ihm direkt in die Augen zu sehen. Sie machte die Schultern gerade. „Sie glauben, ich wäre ein hübsches Objekt, das man kaufen kann. Glauben Sie auch, man könnte mich dressieren, damit ich zahm und stumm neben Ihnen sitze? Vielleicht hätten Sie sich zunächst über mich erkundigen sollen, Lord Westerfield. Ich bin nicht für meine perfekten Manieren bekannt."

Er zog die Augenbrauen zusammen. „Nein, Miss Stanley. Ich bin nicht auf der Suche nach einer Frau, die stumm neben mir sitzt. Ich bewundere Ihren Geist, und bis heute Abend habe ich auch Ihre Manieren bewundert."

Kitty verschränkte die Finger. Sie wusste, dass sie sich entschuldigen sollte, doch sie war noch immer viel zu wütend – auf Maury, und auf Lord Westerfield.

HARRY MUSTERTE SEINE ZUKÜNFTIGE BRAUT. Er hatte nicht darum gebeten, sie zu disziplinieren, weil er verärgert war, sondern weil er die Vorstellung nicht ertrug, wie Maury sie bestrafte, vor allem, wenn er so zornig war. Sie war ausgesprochen unhöflich gewesen, doch als er nun in ihr Gesicht blickte, sah er dort keinen Trotz. Stattdessen erkannte er Unsicherheit und Furcht, als ob sie ihr Verhalten bereits bereuen würde. Sie war jung – erst achtzehn – und verständlicherweise beunruhigt über die Veränderungen, die er über ihr Leben hereingebracht hatte. Ein wenig Führung und das Aufzeigen von Grenzen waren womöglich alles, was sie benötigte.

„Ihre Unhöflichkeit war inakzeptabel", sagte er und klopfte mit der Hand auf seinen Schoß.

Ihr Blick wanderte unsicher von seinem Gesicht zu seinem Schoß.

„Seien Sie ein braves Mädchen, und es wird schnell vorüber sein", versprach er und griff nach ihrem Handgelenk.

Mit roten Wangen gestattete sie ihm, sie über seinem Schoß zu platzieren.

„Bitte entschuldigen Sie ...", begann sie, doch er schnitt ihr mit einem beherzten Hieb das Wort ab. Er wiederholte den Hieb, immer wieder, und das Geräusch seiner Hand, die auf ihrem Gesäß landete, wurde nur von ihrem Keuchen unterbrochen.

„Nein ...", schrie sie und kämpfte gegen seinen Griff an. „Warten Sie – es tut mir leid!"

Harrys Finger zogen sich um ihre Hüfte zusammen, während er mit seinen Schlägen fortfuhr, doch der glatte Satin ihres Kleids machte es ihm schwer, sie an Ort und Stelle festzuhalten, wenn sie sich so wand. Also schob er kurzerhand ihren Rock nach oben, stülpte ihre Unterröcke hoch und versohlte ihr nun durch den dünnen Leinenstoff ihrer Unterhose den Hintern. Er konnte die Umrisse ihrer Arschritze sehen, die Kurven ihres Pos, und seine Pflicht, ihr eine Lektion zu erteilen, verwandelte sich nach und nach in etwas ganz und gar nicht Unangenehmes. Vielleicht sollte er ihr den nackten Hintern versohlen ...?

Er hielt inne und legte seine Hand über ihre heiße Haut. Langsam fing er an, sie zu streicheln, folgte ihren Kurven und spürte, wie sein Schwanz steif wurde. Sie keuchte, aber weinte nicht.

„Hören Sie, Sie haben allen Grund, wütend zu sein", sagte er beruhigend. „Ich gebe zu, dass ich die Sache vollkommen falsch angegangen bin, aber können wir bitte noch einmal von vorn beginnen?"

„Nein!"

Das löste ein weiteres Gestöber harter Schläge aus, nicht mit der Absicht, sie in die Unterwerfung zu treiben, sondern vielmehr, um sich selbst von der Versuchung abzulenken, die ihr Hintern darstellte. Er wollte ihr nicht wirklich wehtun. Erneut hielt er inne und rieb ihre Backen, berauscht von dem Gefühl ihres warmen Hinterns unter seiner Hand.

Kitty bewegte ihre Hüfte und drehte den Kopf in seine Richtung. „Ich brauche nur ein wenig Zeit, um mich daran zu gewöhnen, Lord Westerfield. Ich bin wütend auf Maury und ich bin wütend auf Sie, aber ich werde tun, was von mir verlangt wird."

Das war die Kitty, in die er sich verliebt hatte. Clever und beherrscht, selbst in dieser erniedrigenden Position. Er bewunderte ihre Aufrichtigkeit. Noch immer rieb er Kreise über ihren Hintern.

„Ich versichere Ihnen, wenn ich nicht wütend bin, kann ich sehr charmant sein", fügte sie noch hinzu.

Harry lachte leise. „Das ist mir durchaus aufgefallen."

„Bitte versohlen Sie mir den Hintern und bringen Sie es hinter sich, sonst schickt Maury am Ende noch Miss Anderson, um nach uns zu suchen, und ich würde vor Scham sterben."

Harry hatte die Bestrafung für mehr oder weniger beendet gehalten, doch als er hörte, dass sie mit mehr rechnete, blitzte ein Anflug von Erregung durch ihn hindurch. Seine Finger folgten der Linie ihres Schlüpferbundes bis zu ihrem Bauch, wo er die Schleife fand und einmal kräftig daran zog, um sie zu lösen.

„Lord Westerfield!", protestierte Kitty mit erstickter Stimme.

Ohne sich um ihren Protest zu kümmern, zog er die Unterhose über ihre Hüfte und atmete beim Anblick, der sich ihm bot, schneidend ein. Absolute Perfektion – zwei wohlgeformte Backen, die sich ihm als reizende Ziele für seine Schläge entgegenhoben. Ihre Haut war blassrosa, dort, wo er ihr das Spanking verpasst hatte. Er ließ seine Hand auf ihre nackte Haut hinunterfallen und erschreckte sich beinahe selbst mit dem Geräusch, das er hervorrief. Wieder und wieder sauste seine Hand hinab, und es war zutiefst befriedigend – viel mehr, als er erwartet hatte. Er platzierte die Schläge nun etwas tiefer und schwindelte ein wenig beim Anblick ihres kleinen Geschlechts, das zwischen ihren Beinen hervorlugte. Kitty strampelte mit den Beinen und versuchte, nach hinten zu greifen und mit der Hand ihren Hintern zu bedecken.

„Nein, Miss Stanley", tadelte er. Seine Stimme war viel leiser als das Klatschen seiner Schläge. „Sie haben dieses Spanking verdient, und ich erwarte, dass Sie sich fügen." Er hielt ihren Arm auf ihrem Rücken fest und fuhr fort, jeden Zentimeter ihres wackelnden Hinterns zu versohlen.

Ihr Winden und Zappeln erregten ihn und ein berauschender Nervenkitzel ergriff ihn, als ihm bewusst wurde, dass diese wunderschöne Kreatur schon bald seine Frau sein würde. Sie würde ihm gehören. Er würde sie in sein Bett führen und bestrafen können, wenn sie unartig war. Und insgeheim hoffte er, dass sie sehr oft unartig sein würde.

Er versohlte ihr den Hintern, verfiel in einen Rhythmus, bei dem er zwischen beiden Backen abwechselte, und bewunderte, wie ihre stramme Haut unter seiner Hand auf und ab hüpfte.

„Au! Oh, bitte, Lord Westerfield!", keuchte sie. „Ich werde meine Zunge im Zaum halten", versprach sie.

„Danke, Miss Stanley", erwiderte er. „Ich bin fast fertig."

Hart ließ er seine Hand herunterfahren, und nachdem er ihr eine weitere Salve Schläge verpasst hatte, bemerkte er plötzlich, dass sie allen Widerstand aufgegeben hatte, ruhig über seinem Knie lag und ihre Strafe wortlos empfing. Er warf einen Blick in ihr Gesicht, das sich sanft in die Sitzfläche des Sofas drückte, und erstarrte.

Sie hatte sich nicht unterworfen – sie war ohnmächtig geworden.

KITTY BLINZELTE in Lord Westerfields besorgtes Gesicht hinauf. Sie schien sich auf dem Fußboden zu befinden und lag in seinen Armen. Ihr Hintern pochte – ein brennendes Kitzeln, das sie an die erniedrigende Position erinnerte, in der sie sich gerade noch befunden hatte.

„Sie sind ohnmächtig geworden", erklärte er augenblicklich. „Ich habe Ihr Korsett geöffnet, damit Sie atmen können."

„Oh", sagte sie, als ihr das ganze Ausmaß ihres neuen Dilemmas gewahr wurde. Obwohl sie noch immer ihr Kleid trug, war das Mieder am Rücken aufgehakt, ihr Korsett gelöst und ihr Schlüpfer war auf ihre Oberschenkel heruntergezogen.

Ein hysterisches Lachen blubberte in ihr empor.

„Bitte entschuldigen Sie. Ich hätte die Auswirkung meiner Maßregelung auf Ihre Atmung absehen müssen, bevor ich Sie über mein Knie gelegt habe. Das war töricht von mir."

Sie spähte zu ihm auf und während sie allmählich wieder zu sich kam, begriff sie nach und nach, wie weit dieser Abend von der Norm abgewichen war. „Nun, ich bin ja wieder zu mir gekommen. Könnten Sie mich also loslassen?"

„Nein."

„Werden Sie mir weiter den Hintern versohlen?"

Seine Mundwinkel zuckten mit offensichtlicher Belustigung. „Nein."

„Dann ...?"

„Es gefällt mir ziemlich gut, Sie so zu halten."

Sie biss sich auf die Unterlippe, um nicht zu lächeln.

„Wir sollten hier nicht länger allein sein."

„Nein, sollten wir nicht", stimmte er zu.

„Lassen Sie mich also los?"

„Nein", weigerte er sich rundheraus.

Sie verdrehte die Augen, streckte die Hand nach seiner Ascotkrawatte aus und zog daran, dass sich der Knoten löste. Es war gewagt, ihn jetzt zu necken, nachdem er schon keinerlei Gewissensbisse gezeigt hatte, als er sie übers Knie gelegt hatte, doch kleine Fältchen der Belustigung tanzten in seinen Augenwinkeln und er lächelte auf sie hinunter.

„Albernes Mädchen", murmelte er.

Kitty blieb die Luft weg. Nie zuvor hatte sie einen solchen Ausdruck auf seinem Gesicht sehen – dieses zärtliche Wohlwollen. Normalerweise wirkte er harsch und verschlossen, und auch die scharfen Züge seines Gesichts verliehen ihm ein strenges Aussehen. Jetzt im Kerzenschein und mit diesem offenen Ausdruck wirkte er wie ein vollkommen anderer Mann. Sie lächelte ihn an. „Bitte entschuldigen Sie, Mylord. Meine Unhöflichkeit Ihnen gegenüber ist unentschuldbar."

Er lächelte wohlwollend. „Nicht unentschuldbar."

„Ich schätze, jetzt weiß ich, was ich von Ihnen zu erwarten habe, wenn ich frech bin, nicht wahr?", bemerkte sie trocken.

Er gluckste, ohne den zärtlichen Blick von ihr abzuwenden. Doch dann wurde sein Ausdruck ernst. „Kitty", fing er an, und sie verspürte ein winziges Kitzeln tief in ihrem Innern, als er sie mit ihrem Vornamen ansprach. „Ich entschuldige mich aufrichtig dafür, wie sich die Dinge zwischen uns entwickelt haben. Ich muss gestehen, dass ich die Sache vollkommen falsch angegangen bin."

Überrascht von diesem Eingeständnis, blinzelte sie zu ihm hinauf. „Tun Sie das?"

„Natürlich tue ich das. Und ich würde alles dafür geben, wenn ich die Zeit zurückdrehen und es vernünftig angehen könnte – wenn ich die richtigen Worte fände, um Sie zu verführen." Voller Ungeduld über sich selbst schüttelte er den Kopf. „Ich habe einfach – nun ja, ich war noch nie mit Anmut gesegnet, wenn es darum geht, mit Frauen zu umzugehen."

Als sie das hörte, musste sie laut auflachen. „Das ist doch sicherlich nicht wahr, Mylord."

Wieder schenkte er ihr ein attraktives Lächeln. „Sie glauben mir nicht? Ich versichere Ihnen, so ist es."

Kitty biss sich auf die Unterlippe und musterte ihn. „Würden Sie mir gestatten, den Vertrag zu sehen?"

Er warf ihr einen überraschten Blick zu. „Den Vertrag? Zwischen Maury und mir? Warum?"

Sie reckte das Kinn. „Maury zeigt ihn mir nicht, und ich würde sehr gern wissen, wie viel ich ihm eingebracht habe."

Bedauern breitete sich auf seinen Zügen aus. „Kitty", seufzte er leise. „Ich habe einen Fehler gemacht. Können wir das bitte hinter uns lassen?"

„Ich will ihn einfach nur sehen", erwiderte sie stur.

Lange blickte er hinunter in ihr Gesicht. Dann sagte er so ernst, als würde er einen Eid schwören: „Ich verspreche Ihnen, ich werde ihn Ihnen eines Tages zeigen – doch nun muss ich lediglich ganz verzweifelt wissen, ob Sie ihn Ihrem Herzen Vergebung für mich empfinden können."

Aus irgendeinem Grund stiegen plötzlich Tränen in ihre Augen und sie drehte sich in seinen Armen um, um sie zu verbergen. Die Stäbe ihres Korsetts verdrehten sich und stachen in ihre Rippen, und als sie den Blick senkte, musste sie erkennen, dass eine ihrer Brüste hervorlugte. Eilig riss sie das Korsett nach oben und spürte, wie sie rot wurde.

„Ich vermute, jetzt werden Sie schwören, nicht gelinst zu haben, als Sie mein Korsett gelöst haben?", verlangte sie.

Seine Lippen zuckten in ein Lächeln. „Etwas dergleichen würde ich nie tun."

Der Mund fiel ihr auf und ihre Augen wurden groß, während Hitze über ihr Gesicht und ihren Hals kribbelte. Sie war schockiert darüber, dass Lord Westerfield, den sie für das Inbild von Anstand und Etikette hielt, eine derart verwegene Anspielung machen würde.

Das Korsett fest an die Brust gedrückt, trafen sich ihre Augen mit Lord Westerfields, und ihr stockte der Atem. Seine Augen blickten dunkel und hungrig. Ohne nachzudenken, streckte sie die Hand aus und strich ihm eine Haarsträhne aus der Stirn. In der nächsten Sekunde spürte sie, wie er sie an sich zog und sich seine Lippen auf ihre drückten. Erschrocken schrie sie auf und wollte ihn fortstoßen, doch seine Arme waren stark und unbeweglich. Seine Hand legte sich auf ihre Wange, und diese Geste war so behutsam, so zärtlich wie der Kuss brutal war. Etwas in ihr gab nach, und sie schlang die Arme um seinen Hals und erwiderte den Kuss. Zunächst ging sie zaghaft vor, doch dann, als seine Arme sie fester an sich zogen und ermutigten, küsste sie ihn mit mehr Leidenschaft.

Er streichelte über ihren Hals und über ihre Schultern, bis er seine Hand schließlich auf ihre entblößte Brust legte. Hilflos schob sie ihm ihre Brust entgegen, wollte, dass er sie eroberte, wie er auch ihren Mund erobert hatte. Und das tat er – seine entschlossenen Küsse nahmen denselben Weg wie seine Hand, wanderten ihren Hals hinunter und dann direkt auf ihre nackte Brust zu, wo ihr steifer Nippel ihn begeistert begrüßte. Er lutschte an der harten Knospe und Blitze der Lust schossen durch ihren Busen und wurden von einem Ziehen zwischen ihren Beinen erwidert.

Als ob er von diesem Ziehen wüsste, wanderte seine liebkosende Hand noch tiefer und legte sich über ihren Hintern, der noch vom Spanking brannte. Die Erinnerung daran beschämte sie, trieb jedoch auch ihr Verlangen an, sich ihm hinzugeben. Seine forsche Hand glitt zwischen ihre Beine und rieb den Satinstoff ihres Kleids über die Lagen ihrer Unterröcke, was einen weiteren glühenden Blitz direkt in ihre Mitte schickte. Sie stöhnte auf.

„Ja", erwiderte er mit heiserer Stimme.

Seine Hand versank zwischen ihren Röcken, schob sie aus dem Weg und legte sich schließlich auf die nackte Haut ihrer Hüfte, denn ihre Unterhose hing noch immer lose um ihre Beine. Ihre ungeschützte Lage ließ sie wimmern – die Vorstellung davon, wie seine Finger ihr entblößtes Geschlecht berührten, war gleichermaßen furchteinflößend und erregend.

Ein Klopfen an der Tür ließ sie aus seinen Armen flüchten und erschrocken auf die Füße springen.

„Maury!", wisperte sie voller Furcht und versuchte hektisch, ihren Schlüpfer hochzuziehen und ihr Korsett und ihr Kleid zu schließen.

„Einen Augenblick, Stanley", rief Lord Westerfield, zog Kitty zu sich, wirbelte sie herum und schnürte mit geübten Fingern Korsett und Kleid zu. „Keine Sorge, ich bringe das in Ordnung", versicherte er ihr leise.

Sie drehte sich zu ihm herum und riss die Augen auf, als sie seine gelöste Ascotkrawatte erblickte. Gerade, als er sie zuband, kam Maury durch die Tür.

„Westerfield", bemerkte Maury kühl. „Noch bist du nicht mit meiner Schwester verheiratet."

DRITTES KAPITEL

Überstürzt eilte Kitty davon und ließ ihn mit Maury im Arbeitszimmer stehen. Was in Gottes Namen hatte er sich nur dabei gedacht, sich in hitziger Leidenschaft mit einem unschuldigen Mädchen hinreißen zu lassen? Wäre Stanley nicht erschienen, hätte er seine kleine Verlobte hier und jetzt genommen.

Maury blickte ihn finster an. „Ich vermute also, dass sie sich einsichtig zeigt?"

Die Erinnerung daran, wie sie nur wenige Augenblicke zuvor ausgesehen hatte, blitzte in Harrys Gedanken auf – gerötete Wange, kussgeschwollene Lippen, gelöste Haarsträhnen. Ihr zerzauster Anblick war erotischer gewesen als ein Freudenmädchen, das in nichts als Strümpfen herumstolzierte. Er zügelte seine Gedanken und räusperte sich. „Ah, in der Tat. Ja, sie kommt zur Einsicht, denke ich."

Stanley entspannte sich. „Gut. Das höre ich gern."

Sie kehrten zur Dinnergesellschaft zurück, im Laufe derer sich Kitty überraschend angenehm verhielt, und zogen sich anschließend mit Fenton auf einen Brandy ins Arbeitszimmer zurück. Während sie sich beiläufig über Politik unterhielten, ging Harry in Gedanken die Zahlen durch. Noch neunundvierzig Tage, bis Kitty seine Frau war. Das bedeutete sieben weitere Wochen, in denen er seinem wachsenden Verlangen nach ihr widerstehen musste. Selbst wenn er seinen Kontakt mit ihr auf zwei Tage pro Woche beschränkte, würde er noch immer ein Dutzend Besuche mit ihr ertragen müssen, bei denen er zwar in ihrer Nähe war, jedoch noch immer nicht mit Sicherheit wusste, ob sie wirklich ihm gehörte. Denn obgleich er einen Vertrag unterzeichnet hatte, würde er sich seiner Sache nicht sicher sein, bis das Spiel tatsächlich vorbei war.

Weil er noch einmal mit Miss Stanley sprechen wollte, bevor er nach Hause fuhr, erhob er sich als Erster und verließ das Arbeitszimmer. Vor der Tür des Salons blieb er unschlüssig stehen, als er die Unterhaltung der Damen vernahm.

„Eine arrangierte Verlobung, ohne dich überhaupt zu fragen!", stieß Miss Fenton fassungslos aus. „Und ohne dir den Hof zu machen. Es sei denn, man zählt die zwei Tänze auf Lady Mayburys Ball."

„Anscheinend dachte er, das würde ausreichen, um eine Lebenspartnerin auszuwählen", erwiderte Kitty trocken.

„Nun, es hätte schlimmer kommen können. Lord Westerfield ist eine ziemlich gute Partie, ehrlich gesagt", beruhigte sie ihre Freundin.

„Ich weiß", seufzte Kitty, und sein Herz machte einen Sprung. „Ich weiß nur nicht, ob ich ihm verzeihen kann, wie er die Sache angegangen ist."

Stanleys und Fentons Stimmen ertönten hinter ihm und ließen die Unterhaltung der Damen abreißen. Harry atmete tief durch und betrat den Salon. Noch immer schlug sein Herz aufgeschreckt über Kittys Worte.

„Miss Stanley, auf ein Wort."

Sie erhob sich augenblicklich, sah jedoch argwöhnisch

aus, was er ihr kaum zum Vorwurf machen konnte, schließlich hatte er sie gerade übers Knie gelegt.

Er griff in seine Tasche und förderte eine kleine Schatulle hervor. „Ihr Ring", erklärte er und hielt ihn ihr hin.

Ohne Begeisterung öffnete sie die Schatulle. Er hatte einen riesigen, kuppelförmigen Rubin von fünf Karat ausgewählt, der von einem Kranz Diamanten eingefasst wurde. Es war ein wunderschöner Ring, und er hoffte, er würde Kitty gefallen. Sie sah überrascht aus, und er hatte den Eindruck, als würden ihre Finger zittern, während sie den Ring aus der Schatulle nahm und ihn ansteckte. Er hing lose an ihrem Finger und war zu groß, als dass sie ihn tragen konnte.

„Bei MacArthur's werden sie ihn anpassen. Sie können jederzeit dort vorbeigehen, oder ich kann Sie abholen und wir gehen gemeinsam dorthin."

„Ich werde mich darum kümmern", antwortete sie umgehend, und er spürte Enttäuschung in sich aufsteigen.

Dann zog er ein Bündel verzierter Karten und Briefe aus seiner Tasche und reichte sie Kitty. „Das sind die Einladungen, die ich nach meinem Besuch auf Lady Mayburys Ball erhalten habe. Ich wollte Sie heute Abend fragen, welche dieser Einladungen Sie gern annehmen würden. In zwei Wochen findet ein Ball im Standish House statt – wäre das von Interesse?"

Sie griff nach den Karten, ohne sie eines Blicks zu würdigen. „Vielen Dank, das würde mir gefallen, Lord Westerfield", erklärte sie viel zu steif.

„Dann hole ich Sie gegen sieben Uhr ab. Tragen Sie Ihr oranges Kleid."

„Auf zwei Bälle hintereinander? Das schickt sich nicht."

„Verstehen Sie es einfach als Übung darin, Ihrem neuen Ehemann zu gehorchen", erwiderte er gewagt und genoss die Röte, die sich auf ihren Wangen ausbreitete. Er griff nach ihrer Hand, hob sie an seine Lippen und küsste sie. „Ich will

Sie nicht verärgern. Bitte, werden Sie das orangefarbene Kleid tragen?"

Intelligente, grüne Augen blickten suchend in sein Gesicht, dann nickte sie kaum merklich. „Wie Sie wünschen", sagte sie leise. Er wünschte der Gesellschaft eine gute Nacht und verließ das Haus, gleichermaßen erschöpft und beschwingt. Er war nicht daran gewöhnt, solch intensive Gefühl zu empfinden, wie es der Fall war, seit er die Bekanntschaft von Miss Kitty Stanley gemacht hatte. Die Wahrheit war, dass er überhaupt keine Gefühle empfand. Es schien ihm, als hätte ihr Anblick etwas in ihm aufgeweckt, das bisher geschlafen hatte. Und diese neuen Gefühle waren nicht nur angenehm.

Er hielt eine Woche durch, ohne der Versuchung nachzugeben, sie zu besuchen. Am achten Tag schickte Kitty eine Einladung, und er ließ augenblicklich die Kutsche kommen. Als er an Kittys Haus ankam, regnete es in Strömen, und er wurde in den Salon gebeten.

Mit ihrer Anstandsdame Miss Anderson im Schlepptau betrat Kitty das Zimmer. Er erhob sich und küsste Kittys zierliche, behandschuhte Hand. Sie setze sich zu ihm und begann eine Unterhaltung, warf jedoch immer wieder Blicke in Richtung von Miss Anderson, die andeuteten, sie wäre lieber allein mit ihm. Nach einer Weile stand sie auf, trat ans Fenster und starrte hinaus in den Regen. „Ich wünschte, das Wetter würde einen Spaziergang im Hyde Park oder eine Ausfahrt mit der Kutsche erlauben", klagte sie.

„In der Tat."

„Warum spielen Sie Lord Westerfield nicht etwas auf dem Pianoforte vor?", schlug Miss Anderson vor.

Sie seufzte. „Würden Sie gern etwas auf dem Pianoforte hören, Lord Westerfield?"

Er deutete in Richtung des Instruments. „Gewiss."

Kitty durchquerte das Zimmer und verdrehte in einer privaten Geste nur für ihn die Augen, was sein Herz anschwellen ließ. Sie setzte sich hin, um zu spielen, und auch, wenn sie sehr geübt war, war das Pianospiel eindeutig nicht ihre große Leidenschaft. Nach zwei Melodien erhob sie sich wieder und ging erneut im Zimmer auf und ab, warf Miss Anderson verstohlene Blicke zu und ließ sich schließlich neben Harry auf das Sofa fallen.

„Lord Westerfield", sagte sie leise, und einmal mehr flog ihr Blick zu ihrer Begleiterin. Endlich verstand Miss Anderson den Wink und konzentrierte sich eingehend auf ihre Stickerei. „Ich habe mich nur gefragt ... besteht unsere Verlobung noch?"

Verblüfft zog er die Augenbrauen hoch. „Selbstverständlich besteht sie noch, warum fragen Sie?"

„Sie haben mir nicht den Hof gemacht. Sind Sie noch immer wütend auf mich?" Sie spähte so charmant zu ihm auf, dass er nach ihrer Hand griff und die nackte Haut ihres Handgelenks unter ihrem Handschuh berührte. Mit der Fingerkuppe malte er einen kleinen Kreis über ihrem Puls. „Nein, Kätzchen", sagte er leise. „Ich bin nicht im Geringsten wütend auf Sie."

Bei seiner Berührung wurden ihre Wangen rot und die Lippen fielen ihr einen Spaltbreit auf. Ihre goldgesprenkelten Augen suchten seinen Blick. „Warum haben Sie mich dann nicht besucht?"

Weil ich die Finger nicht von dir lassen kann.

„Wir haben uns erst vor einer Woche gesehen", bemerkte er und versuchte, beiläufig zu klingen.

Sie zog ihre Hand aus seiner und runzelte die Stirn. „Eine Woche", erwiderte sie kühl. „In der Tat."

Kitty stand auf, ging zurück zum Pianoforte und wandte ihm den Rücken zu, was er nur als einen Ausdruck weiblichen Zorns interpretieren konnte. Sie spielte drei lustlose Lieder, bevor sie sich wieder erhob und höflich erklärte: „Nun, vielen Dank für Ihren Besuch, Lord Westerfield."

Harry seufzte. Er hatte es ruiniert. Wieder einmal.

KITTY HATTE Lord Westerfields Wünsche befolgt und ihr oranges Kleid angezogen, nicht gewillt, einen Streit zu provozieren, und zudem insgeheim erfreut darüber, dass ihm das auffällige Kleid gefiel, das sie selbst entworfen hatte. Wie sich herausstellte, hatte er guten Grund für seine Bitte gehabt. Als sie und Miss Anderson zu ihm in den Salon traten, zog er eine atemberaubende Halskette aus Rubinen aus der Tasche, die zu ihrem Verlobungsring und zu den Schleifen an ihrem Kleid passte.

Für einen Augenblick verschlug es ihr den Atem, denn sie hatte nie geglaubt, jemals ein solch kostbares Schmuckstück zu besitzen oder überhaupt nur zu tragen. „Ich wollte nicht, dass Ihr Hals der einzig unverzierte auf dem Ball ist", erklärte er, während Kitty die Kette zögerlich und mit offenem Mund aus der Schatulle zog. Ihre Augen flogen zu seinem Gesicht, überrascht, dass er sich an ihre beiläufige Bemerkung erinnert und den Mangel behoben hatte. „Vielen Dank, Lord Westerfield", brachte sie nur hervor, dann drehte sie sich um und bot ihm ihren Nacken dar. Sie wünschte, sie hätte sich die Zeit genommen, den Verlobungsring anpassen zu lassen, nicht, weil sie mit passenden Schmuckstücken angeben wollte, sondern weil es ihr nun schrecklich unhöflich vorkam, anscheinend so wenig Interesse an Lord Westerfields aufmerksamen Geschenken zu zeigen. Er legte die Kette um ihren Hals und die Rubintränen fielen wie ein kühler Wasserfall über ihre Schlüsselbeine und bildeten einen Gegenpol der Empfindung zu den Berührungen seiner warmen Finger auf ihrer Haut, die sie erschaudern ließen.

In der Kutsche wusste sie nicht, was sie sagen sollte. Ihre Gefühle ihm gegenüber waren derart durcheinander, dass sie kaum wusste, wie sie es in seiner Gegenwart aushalten sollte.

„Sie sind ungewöhnlich still."

„In der Tat. Sie allerdings auch", erwiderte sie, und ihre Worte klangen schärfer als beabsichtigt.

„Halten Sie Ihre Zunge absichtlich im Zaum?"

„Nein", seufzte sie. „Ich möchte nicht unhöflich sein. Ich kann meine Gefühle für Sie einfach nicht ordnen", gestand sie.

„Sind Sie noch immer wütend auf mich?"

Sie nickte. „Ich bin wütend und enttäuscht und offen gestanden fürchte ich mich ein wenig Angst vor unserem Arrangement."

„Wovor haben Sie Angst?"

„Wir sprechen hier von einer *arrangierten Ehe*. Das bedeutet, dass mein zukünftiges Glück einzig und allein von einem Mann abhängt, den ich nicht kenne und der auch mich nicht im Geringsten kennt."

„Wir lernen uns gerade kennen. Und ich versichere Ihnen, ich werde alles in meiner Macht Stehende tun, um Sie glücklich zu machen."

„Warum haben Sie mich ausgewählt? Aufgrund meines Stammbaums? Oder denken Sie, ich würde Ihnen hübsche Erben schenken?"

Er runzelte die Stirn. „Ist es das, was Sie glauben?"

„Ich weiß nicht, was ich glauben soll."

Für einen Moment musterte er sie schweigend. „Ironischerweise war es Ihre Lebensfreude, die mich verzaubert hat. Doch scheinbar hat unsere Verlobung Ihnen diese Freude geraubt."

Wie ein larmoyanter Narr blinzelte sie ihre Tränen zurück und starrte aus dem Kutschenfenster, bis sie sich wieder gefasst hatte. Auf dem Ball machte sie es sich mit einer Gruppe junger

Damen aus ihrem Bekanntenkreis bequem und trank ein Glas Champagner, um ihre Nerven zu beruhigen. Westerfield schien den Wink zu verstehen, denn für die nächste Stunde bekam sie ihn nicht mehr zu Gesicht. Erst, als sie den zweiten Walzer mit dem jungen Captain Furling tanzte, besaß er die Dreistigkeit, sie mitten auf der Tanzfläche zu unterbrechen.

„Captain Furling, dürfte ich Ihnen meine Verlobte stehlen? Ich habe sie fast den ganzen Abend nicht gesehen." Er formulierte es als Frage, doch sein Auftreten war imposant und sein Tonfall ließ keinen Zweifel darüber offen, dass es keineswegs eine Frage war.

Captain Furling machte einen Bückling und verschwand. Lord Westerfield zog Kitty in die Arme und wirbelte sie gekonnt zum Walzertakt über das Parkett.

„Das war eher peinlich."

Westerfield antwortete nicht. Sein Kiefer war verkrampft und er sah ihr nicht in die Augen.

„Wenn Sie mit mir tanzen wollen, warum haben Sie mich dann nicht zu Beginn des Balls gefragt, so wie alle anderen auch?"

„Ich habe es vergessen."

„Sie wollen gar nicht mit mir tanzen, habe ich recht? Sie können es nur nicht ertragen, dass jemand anderes mit mir tanzt. Oder ist ein Walzer zu intim für Ihren Geschmack?"

Er schenkte ihr ein kleines, bestätigendes Lächeln, sagte jedoch noch immer nichts.

„Wie haben Sie es sich vorgestellt, dass wir uns kennenlernen, wenn Sie nicht mit mir sprechen? Es kommt mir vor, als wäre ich nur ein Zeitvertreib für Sie, oder als wären Sie nicht der Meinung, mir antworten zu müssen."

Endlich suchten seine Augen ihren Blick. „Verzeihen Sie – Sie wissen bereits, dass ich ein Mann von wenigen Worten bin."

„Schön und gut, doch wenn ich Ihnen eine Frage stelle, erwarte ich auch eine Antwort."

Das war forsch von ihr, und sie rechnete fest mit einer Schelte, doch stattdessen verzogen sich die harten Züge seines Gesichts zu einem Grinsen. „Was war noch gleich die Frage?"

Fassungslos verdrehte sie die Augen. „Ob Sie mit mir tanzen wollen oder nicht?"

„Natürlich will ich mit Ihnen tanzen."

„Warum haben Sie mich dann bis jetzt nicht zum Tanz aufgefordert?"

Er zuckte mit den Schultern. „Ich wollte, dass Sie den Ball genießen."

Sie starrte ihn an. „Aha. Vielen Dank, vermute ich", bemerkte sie kopfschüttelnd. „Ich verstehe Sie einfach nicht. Warum haben Sie mich als Ihre Frau ausgewählt?"

„Diese Diskussion wieder? Ich habe es Ihnen doch bereits erklärt – Ihr Esprit."

Skeptisch musterte sie ihn aus schmalen Augen.

„Es ist die Wahrheit."

„Wollen Sie, dass ich Ihnen Nachkommen schenke?"

„Selbstverständlich. Nun ja – meine Mutter will es sicherlich. Mein vorrangiges Interesse ist es nicht."

„Was ist denn Ihr vorrangiges Interesse?"

Er lächelte und ein teuflischer Ausdruck legte sich über sein Gesicht.

Kitty wurde rot. Es gefiel ihm, diese Unschuld in ihr zu beobachten, die im absoluten Widerspruch zu ihrem selbstbewussten Auftreten stand. „Weil ich noch recht jung bin", schob sie eilig hinterher, „wäre sehr nett, noch eine weitere Saison erleben zu können, bevor ich Kinder bekomme."

„Kinder mögen nicht mein vorrangiges Interesse sein, Sie in meinem Bett zu haben allerdings schon."

Ihr schockierter Ausdruck brachte ihn zum Lächeln. Er zahlte es ihr gerade mit gleicher Münze heim, und das hatte sie nicht von ihm erwartet.

„Sie haben nach der Wahrheit gefragt."

Sie erholte sich schnell. „Na schön. Dann verraten Sie mir Folgendes – Sie haben behauptet, einen Fehler mit mir gemacht zu haben. Wenn Sie noch einmal von vorn beginnen könnten, was würden Sie anders machen?"

„Faszinierende Frage." Er musterte sie nachdenklich. „Ich würde gewiss zunächst versuchen, Ihnen den Hof zu machen."

„Es versuchen? Und falls Sie keinen Erfolg damit hätten?"

Er presste die Lippen zusammen und wandte den Blick ab.

Wieder wurden ihre Augen schmal. „Dann würden Sie dennoch eine Vereinbarung mit Maury treffen?"

Er antwortete nicht, denn er wusste, dass er es nicht leugnen konnte.

„Natürlich würden Sie das."

„Tatsächlich würde ich zuerst eine Abmachung mit Maury treffen, ihn jedoch um sein Stillschweigen bitten, bevor ich Ihnen den Hof mache."

Kitty strauchelte und ihm wurde das Vergnügen vergönnt, sie zu stützen, bis sie ihr Gleichgewicht und ihre Sprache wiedergefunden hatte. „Das ist unerhört!"

Er zuckte mit den Schultern. „Ich spiele nur, wenn mir der Gewinn sicher ist."

Ihr Gesicht wurde feuerrot und ihm wurde klar, dass er es mit der Wahrheit einen Schritt zu weit getrieben hatte.

„Ich bin kein Gewinn! Ich bin kein Besitz, den man kaufen kann!", brauste sie auf. „Offensichtlich sind meine

Gefühle für Sie vollkommen nebensächlich, ungeachtet Ihrer unaufrichtigen Entschuldigung."

„Nein – das stimmt nicht."

Sie wich vor ihm zurück. „Wenn Sie mich entschuldigen würden. Ich brauche etwas zu trinken. Scheinbar kann ich heute Abend einfach nicht genug Champagner bekommen."

Harry spielte mit dem Gedanken, sie wieder in seine Arme zu ziehen, doch er fand es ausgesprochen geschmacklos, auf einer Gesellschaft eine Szene zu machen. Er blickte Kitty hinterher, während sie forsch zum Tisch mit den Erfrischungen davonstolzierte, sich eine Sektflöte griff und den Champagner in einem Zug hinunterkippte. Es war ihr zweites Glas heute Abend. Als sie nach einem dritten Glas griff, fühlte er sich verpflichtet, einzugreifen.

„Miss Stanley", sagte er mit übertriebener Höflichkeit. „Ich denke, Sie haben heute Abend genug Champagner getrunken."

„Lord Westerfield, so sehr es Ihnen auch unter den Nägeln brennen mag, mir endlich Befehle erteilen zu dürfen", bemerkte sie mit einem schiefen Grinsen, „noch sind Sie nicht mein Ehemann." Sie kippte auch das dritte Glas Champagner hinunter. „Wenn Sie mich jetzt entschuldigen würden." Sie machte auf dem Absatz kehrt und stolzierte davon.

Er seufzte und die Brust wurde ihm eng. Er verstand Kittys Zorn, doch ihre Bemühungen, ihn ihrerseits aufzustacheln, gingen langsam zu weit. Es schien, als ob er nichts tun oder sagen könnte, um ihre Vergebung zu verdienen. Wie lange würde dieser Zustand nach ihrer Hochzeit noch andauern? Einen Monat? Ein Jahr? Er knirschte mit den Zähnen. Sie würde diesen Wettstreit des Willens mit ihm nicht gewinnen, doch er wollte auch, dass sie glücklich war, und nicht etwa eine erzwungene Genügsamkeit.

Nach diesem Zwischenfall machte er zunächst einen

weiten Bogen um sie, gestattete ihr, mit anderen Gentlemen zu tanzen, und forderte sie nicht erneut zum Tanz auf. Er hatte nicht vor, an diesem Abend überhaupt noch einmal zu tanzen, doch Lady Dunning, die Gastgeberin des Balls, ließ eine Anspielung fallen, die er einfach nicht ignorieren konnte, und so führte er sie schließlich auf die Tanzfläche. Kitty war ebenfalls auf dem Parkett und machte sich gerade für ihren zweiten Tanz mit Lord Fenton bereit.

„Ist es wahr? Sie und Miss Stanley sind verlobt?", fragte Lady Dunning.

„Ja, es ist wahr."

„Was wollen Sie wegen Lord Fenton unternehmen?", fragte sie vielsagend.

Harrys Blick wanderte zu dem anderen Paar auf der Tanzfläche. „Was meinen Sie damit?", fragte er, und ein unbehagliches Gefühl breitete sich in seiner Brust aus.

Lady Dunning antwortete nicht, sondern warf ihm nur einen vielsagenden Blick zu, als wollte sie sagen: *„Kommen Sie schon, seien Sie nicht töricht"*, was ihm einen eisigen Schauder den Rücken hinunterjagte.

Kitty und Lord Fenton? Sie waren Kindheitsfreunde, das wusste er von ihrem gemeinsamen Dinner, doch er hätte nie vermutet, dass eine Zuneigung zwischen ihnen herrschte. Sein Herz hämmerte in seiner Brust und Schweißperlen rollten seine Schläfen hinunter. Er knirschte mit den Zähnen.

Er würde diese Wette nicht verlieren.

Kitty Stanley gehörte ihm.

„ICH GLAUBE, er hat es sich anders mit mir überlegt."

„Warum sagst du das?" Teddy führte sie in ihrem zweiten Tanz mit Leichtigkeit über die Tanzfläche.

„Schwöre, dass du diskret bleibst." Mit einem Kopf voller

Champagner war das Wirbeln auf der Tanzfläche überfordernd. „Langsamer, Teddy, oder mir dreht sich noch der Kopf."

Er gluckste und hörte auf, sie herumzuwirbeln. „Ich gelobe Diskretion."

„Erinnerst du dich, wie unhöflich ich beim Dinner zu ihm war, als wir unsere Verlobung bekannt gegeben haben?" Sie konnte das leichte Lallen in ihrer Stimme hören, als sie sprach, und musste kichern.

Teddy nickte. „Nun ja", fuhr sie fort, „Westerfield hat mich übers Knie gelegt und dann bin ich ohnmächtig geworden, und als ich wieder zu Sinnen kam, lag ich mit offenem Korsett in seinen Armen." Sie hickste und musste erneut kichern.

„Nein!", erwiderte Teddy amüsiert.

„Und dann hat er mich geküsst, aber Maury hat uns unterbrochen."

Teddy musterte sie skeptisch. „Und dann?"

Sie zuckte mit den Schultern. „Dann hat er sich eine Woche lang nicht sehen lassen. Und jetzt hat er mich hierhergebracht, aber nur, um mich um einen Tanz zu bitten, als ich den zweiten Tanz mit Captain Furling getanzt habe. Ansonsten hat er mir keinerlei Aufmerksamkeit geschenkt. Was meinst du, was hat das zu bedeuten? Könnte es sein, dass ich nicht gut geküsst habe?"

Teddy lachte schallend auf. „Nein, meine Liebe, das glaube ich nicht."

„Was ist es dann?"

Teddy blickte quer über die Tanzfläche in Lord Westerfields Richtung, der mit Lady Dunning tanzte. „Ich weiß es nicht. Womöglich denkt er, du wärst wütend."

Sie stieß den Atem aus. „Ich bin auch wütend, allerdings würde es mir leichter fallen, ihm zu verzeihen, wenn er mir tatsächlich wie versprochen den Hof machen würde."

„Nun", sinnierte Teddy. „Er tanzt gerade mit Lady Dunning. Vielleicht können wir zwei Fliegen mit einer Klappe schlagen."

„Wie meinst du das?"

„Sollen wir schauen, ob wir ihn eifersüchtig machen können?"

„Ah, und Lady Dunning im selben Zuge von deiner Fährte abbringen?"

„Erraten."

„Ich hatte vielmehr den Eindruck, als ob sie deinen Wink sehr wohl verstanden hätte, auch wenn sie ihn scheinbar nicht besonders gefasst aufgenommen hat."

Der Tanz endete und Teddy führte sie vom Parkett. „Komm, lass uns schauen, ob sie uns folgen", murmelte er.

„Was hat es denn zu bedeuten, wenn er nicht eifersüchtig ist?"

Teddy warf ihr einen nüchternen Blick zu. „Dass er es sich anders überlegt hat. Würde dich das kränken?"

Es musste der Champagner sein, denn plötzlich wäre sie am liebsten in Tränen ausgebrochen. Stattdessen verzog sie ihre Lippen in ein breites Lächeln. „Natürlich nicht", lallte sie. „Ich wollte diese Verlobung von Anfang an nicht."

„Ich weiß, meine Liebe", erwiderte Teddy sanft und Kitty wusste, dass er in ihr Herz sah.

„Ich brauche noch einen Champagner", erklärte sie, um das Thema zu wechseln.

„Ich denke, du hattest genug. Noch ein Glas und Westerfield muss dich nach Hause tragen."

„Nein", bestand sie. „Ich brauche noch ein Glas. Komm mit", sagte sie zu laut und zog an seinem Ärmel.

„Kitty", warnte Teddy leise. „Die Leute gucken schon."

„Gut", erwiderte sie, ohne die Stimme zu senken.

Sie trat an den Tisch mit den Erfrischungen, doch in diesem Moment trat auch die nervös wirkende Miss

Anderson auf sie zu. „Zu viel Champagne ist schlecht für Ihre Figur, Miss Stanley."

„Wir brechen auf", erklang plötzlich die tiefe Stimme von Lord Westerfield. Kitty blinzelte zu ihm auf und musste feststellen, dass ihre Sicht verschwamm. Sie zog die Finger enger um Teddys Arm zusammen, was ihren Verlobten zu einem tiefen Stirnrunzeln bewegte. „Verschwinden Sie, Fenton", knurrte Westerfield. Kitty spürte, wie Teddy versuchte, sich aus ihrem Griff zu befreien, doch sie klammerte sich noch entschlossener an ihm fest. Sie erinnerte sich an ihren letzten Disput mit ihrem Verlobten wegen des Champagners, schnappte sich ein Glas und fing an, es in großen Zügen auszutrinken.

Prompt riss Westerfield ihr das Glas aus der Hand und verschüttete im Zuge dessen den Champagner über ihr Kleid. Kitty schnappte nach Luft und stieß zornig stammelnd einige unzusammenhängende Worte aus. Teddy zauberte sein Schnupftuch hervor und reichte es ihr an, doch Kitty verlor die Balance und schwankte. Im Durcheinander, das folgte, als Teddy sie auffangen wollte, drückte er das Schnupftuch direkt auf ihr Dekolleté und tupfte die prickelnde Flüssigkeit auf. In der nächsten Sekunde flog Westerfields geballte Faust in hohem Bogen durch die Luft und krachte in Teddys Kiefer. Das fiese Geräusch von Knochen, der auf Knochen kracht, ließ mehrere Gäste aufschreien. Auch Kitty schnappte entsetzt nach Luft. Lord Westerfield griff nach ihrem Arm und marschierte mit ihr im Schlepptau davon.

„Kümmert euch nicht um ihn!", rief Kitty laut und fuchtelte mit der Hand in Lord Westerfields Richtung. „Wir sind verlobt. Er bezahlt die Spielschulden meines Bruders, um sich das Recht zu verdienen, meinen Tanzpartnern die Visage zu polieren!"

„Genug!", fauchte Westerfield, doch irgendwie trat er

genau in diesem Moment auf den Saum ihres Kleids und sie kam ins Stolpern, taumelte vorwärts und wurde nur dank seiner starken Arme aufgefangen. Erneut erklangen schockiertes Keuchen und aufgeregte Rufe, als Kitty versuchte, sich aufzurichten, und plötzlich stellte sie voller Entsetzen fest, dass ihre Brüste aus dem Kleid gefallen waren, als Westerfield auf den Stoff getreten war.

„Grundgütiger, Kitty!", murmelte er, während er sich abmühte, sie auf die Füße zu stellen. Ihr Gesicht glühte feuerheiß. Eilig zog er sie hinter sich her durch die Diele und zur Eingangstür hinaus. Kitty musste fast rennen, um Schritt zu halten, so versessen war er darauf, diesen beschämenden Schauplatz zu verlassen.

Sie atmete keuchend, denn ihr Korsett war zu eng für einen derartigen Sprint. Westerfield wartete nicht ab, bis seine Kutsche gebracht wurde, sondern stürmte den Weg hinunter, bis er sie gefunden hatte, hievte Kitty in die Kabine und befahl seinem Kutscher, loszufahren.

Innerhalb eines Augenblicks wurde sich Kitty zu vieler Dinge gleichzeitig gewahr – zum einen würde Miss Anderson sicherlich darüber in Panik verfallen, dass Kitty den Ball unbegleitet verlassen hatte, zum anderen würde die Szene auf dem Ball ihren Ruf mit Sicherheit für immer ruinieren, und zuletzt würde Maury über diesen Skandal vor Wut schäumen. Dann, als sie in angespannter Stille in der Kutsche saßen, dachte sie über die weiterführenden Auswirkungen nach. Westerfield würde die Verlobung lösen, was finanzielle Konsequenzen für Maury bedeutete, sie selbst für immer ruinieren und womöglich sogar ihr Herz brechen würde. Denn die Wahrheit war, dass Lord Westerfield in ihrem Ansehen gestiegen war, und die Vorstellung, er könne nun *nicht* mehr ihr Ehemann werden, war weitaus vernichtender als ihr ursprünglicher Zorn über diese arrangierte Ehe.

Da sie sich mittlerweile ziemlich schlecht fühlte, versuchte sie es mit Vernunft. „Das hätte ich nicht sagen dürfen, Lord Westerfield. Entschuldigen Sie."

Er antwortete nicht, noch würdigte er sie eines Blicks.

Verängstigt presste Kitty die Lippen zusammen. Glaubte Westerfield, Teddy und sie wären mehr als Freunde? Oder war er nur wütend, weil sie ihn erneut blamiert hatte? Sie schob den Vorhang des Kutschenfensters zur Seite und ließ ihren Blick über die unbekannte Umgebung schweifen. „Sie bringen mich nicht nach Hause."

„Nein."

Ihr Herz schlug schneller. Wohin brachte er sie? Nach einer kurzen Fahrt hielt die Kutsche vor einem Haus, das ihm gehören musste, und er half ihr wortlos aus dem Wagen.

Mittlerweile klopfte ihr Herz regelrecht schmerzhaft gegen ihre Rippen. Westerfield führte sie ins Haus, ging mit ihr im Schlepptau zügig durch ein Foyer mit Marmorfußboden und die Treppe hinauf in seine Gemächer. Seinen Kammerdiener, der herbeigeeilt war, um das Licht anzuzünden, winkte er ungeduldig fort. Zitternd stand Kitty in der Mitte des Zimmers. Ohne sie eines Blicks zu würdigen, zog er seinen Mantel und seine Weste aus, löste seine Manschettenknöpfe und rollte seine Ärmel hoch. Das Unbekannte – was er mit ihr vorhatte – kam ihr bedrohlicher vor als alles, was ihre Fantasie erspinnen konnte. Als er nach dem Rasierriemen griff, der auf seinem Ankleidetisch lag, war das beinahe eine Erleichterung.

Ein Auspeitschen.

Sie schauderte. Aber wenigstens wusste sie nun, was passieren würde.

„Zieh dich aus, Kitty."

Sie hörte sich selbst nach Luft schnappen und blieb wie angewurzelt stehen.

Westerfield zog eine Augenbraue hoch. *„Jetzt."*

Kitty griff hinter sich, doch ohne die Hilfe einer anderen Person, die ihr das Korsett öffnete, war sie völlig hilflos.

„Vielleicht könnten Sie ein Dienstmädchen rufen?", schlug sie vor und blickte ihn flehend an.

Begreifen machte sich auf ihrem Gesicht breit. „Kommen Sie her", forderte er sie auf.

Westerfield blickte sie so regungslos und aus einem so harten Gesicht an, dass sie sich zunächst nicht bewegen konnte, doch schließlich gehorchten ihre Füße und sie trat mit zaghaften Schritten auf ihn zu, bis sie direkt vor ihm stand. Er warf den Rasierriemen aufs Bett, griff nach ihren Schultern und drehte sie mit überraschend sanften Fingern um. Als er die Haken an ihrem Mieder löste, war sie sich seines Atems in ihrem Nacken unendlich bewusst. Sie stellte sich vor, wie sich seine großen Hände an diesen kleinen Haken zu schaffen machten, und erinnerte sich daran, wie sich seine Hände auf ihrem Hintern angefühlt hatten, hart wie eine Kelle. Schon bald würde sie seinen Riemen zu spüren bekommen. Wieder erschauderte sie. Das Kleid fiel auf und segelte sanft auf den Fußboden, und er zog an den Schnüren ihres Korsetts, ihrer Unterröcke und ihrer Unterhose. Sie zitterte am ganzen Körper, während er sie Stück für Stück entblößte, bis sie in nichts als einem Strapsgürtel und Strümpfen vor ihm stand. „Beuge dich über das Bett, Kitty", sagte er mit heiserer Stimme.

Sie warf einen ängstlichen Blick über die Schulter, und er nickte auffordernd. Langsam senkte sie ihren Oberkörper auf das Bett, zog die Arme unter sich und legte ihre Wange auf den kühlen Seidenstoff der Decke. Bereits jetzt traten Tränen in ihre Augen, nicht aus Angst vor seiner Bestrafung, sondern wegen ihrer eigenen Scham darüber, von im diszipliniert werden zu müssen.

„Verzeihen Sie, Lord Westerfield", schluchzte sie. Er antwortete nicht, was sie nicht weiter überraschte.

Voller Vorausahnung zog sie ihren Hintern zusammen, und als der erste Hieb landete – eine flammende Linie quer über beide Backen – schrie sie auf. Der zweite Schlag landete direkt darunter, dann folgte der dritte. Zunächst schien die Wucht der Hiebe aushaltbar, doch wie verspätet breitete sich ein Brennen auf ihrer Haut aus, während Westerfields Schläge ihre Backen hinunterwanderte, dann langsam wieder hinauf. Kitty zuckte und schrie mit jedem Striemen verursachenden Hieb auf. Heiße Tränen tränkten das Laken, in das sie hineinschluchzte. Westerfield ließ sich Zeit und war ausgesprochen gründlich – präzise, wie man es von einem Mathematiker erwartete. Als seine Hiebe schließlich auf der Rückseite ihrer Oberschenkel landeten, schrie sie in die Laken und biss zuletzt hinein, um nicht alle Bediensteten im Haus aufzuwecken. Er fuhr fort, sie auszupeitschen, und ihr Becken schwankte vor und zurück, trotz ihres Bemühens, stillzuhalten und ihre Strafe gefasst zu empfangen.

Es kam ihr vor wie eine Ewigkeit, bevor er aufhörte und den Rasierriemen auf den Boden fallen ließ. Sie hörte, wie er den Atem ausstieß. Ein harter Schlag seiner Hand auf ihrer Gesäßbacke fachte das Feuer an, das in jeder Strieme brannte. Immer wieder versohlte er ihr mit der Hand den Hintern. Seine große Hand war zwar nicht weniger grausam als der Riemen gewesen, allerdings so viel intimer. „Es tut mir leid", schluchzte sie. Sie drehte den Kopf zur Seite, damit er sie hörte. „Es tut mir leid, Harry."

Als sie seinen Vornamen aussprach, hielt er abrupt inne. Sie konnte sich nicht dazu durchringen, ihn anzusehen, doch sie spürte, wie sich sein Blick in sie bohrte, und sein abgehackter Atem verriet die Intensität seiner Gefühle. Einmal mehr landete seine Hand auf ihrem Hintern, dieses Mal jedoch mit einem besitzergreifenden Zugreifen. Mit beiden Händen knetete er ihre Backen, auf eine Art, die gleichermaßen schmerzhaft und befriedigend war. Sie hörte, wie sein Atem schneller wurde, als ob das Gefühl ihres Körpers unter seinen Fingern ihn erregen würde. Sie hielt still für ihn, ihr Hintern das einzige Angebot an ihn, das ihr in diesem Moment einfiel.

Seine Finger streichelten ihre beiden Backen, dann spreizte er sie und entblößte ihren kleinen Anus, um ihn zu inspizieren. Kitty zuckte zurück, zog ihren Hintern zusammen und versuchte, sich aus seinem Griff zu winden, nur um sich einen weiteren knallenden Schlag auf die Backe zu verdienen. Wieder streichelte er mit beiden Händen über ihren Hintern, dann glitten seine Finger über ihre Oberschenkel und zogen auch ihre Beine auseinander, sodass sie gezwungen war, die Knie weiter zu spreizen. Ihre Schenkel zitterten und hielten sie nicht länger aufrecht.

Ein knallender Schlag zwischen ihre Beine schickte eine Welle des Terrors durch sie hindurch. Sie versuchte, zum Kopfteil des Bettes zu krabbeln, fort von ihm, doch er krallte die Finger in ihre Taille, hielt sie fest und schob ihre Knie mit seinem Fuß auseinander. Dann verpasste er ihrer empfindlichen Mitte weitere entschlossene Schläge, und sie bemerkte plötzlich voller Scham, dass sie klebrig-feucht war – und die feuchte Haut ließ seine Schläge umso lauter widerhallen. Er schlug gar nicht besonders heftig zu, und ihre Aufregung rührte weniger vom Schmerz als von einer kuriosen Panik her, die er in ihr heraufbeschwor. Westerfield streichelte ihre pochenden Backen mit beiden Händen und malte feste, besitzergreifende Kreise über ihren Hintern. Ein weiterer Schlag landete auf ihrer Mitte und dann blieb seine Hand dort liegen, umfasste ihre Mitte und ließ einen Finger langsam durch ihre feuchte, geschwollene Haut gleiten. Sein Finger tastete durch die nassen Falten, fand ihre geheimste Öffnung und versank darin.

Kitty wimmerte – ob aus Protest oder um ihn anzutreiben, konnte sie nicht mit Sicherheit sagen. Westerfield bewegte seinen Finger in sie hinein und hinaus und entfachte ein Verlangen in ihr, ihn tiefer in sich zu spüren. Sie hörte Kleiderrascheln und ihr wurde bewusst, dass er sie nun so nehmen würde. Halb erregt, halb voller Angst über diese Vorstellung vergrub sie ihr Gesicht im Kissen und Anspannung ergriff jeden Muskel in ihrem Körper. Ein warmes, festes Pressen an ihrer Öffnung rief erneutes Verlangen in ihr empor – mehr noch sogar, als es die Berührung seines Fingers vermocht hatte – und sie konnte spüren, wie richtig dieser Akt war, auch wenn sie ihn gleichzeitig fürchtete. Westerfield stieß vorwärts, und ihre Haut dehnte sich in einem feurigen Ring um ihn. Er drang tiefer vor und bezwang ihren jungfräulichen Widerstand. Der Schmerz des Akts entlockte ihr einen leisen Schrei und Westerfield erstarrte in ihr.

„Kitty!", keuchte er mit erstickter Stimme.

VIERTES KAPITEL

as tat er nur? Er hatte seine Braut noch vor der Hochzeit entjungfert. Und nicht nur das, er hatte sie ohne Begleitung von einem Ball fortgezerrt und in sein Haus gebracht, was ein viel größerer Skandal war, als der, den Kitty verursacht hatte.

Langsam zog er sich aus ihr heraus und versuchte, ihr nicht noch mehr Schmerzen zuzufügen. Sein Schwanz war bereits am Erschlaffen, als sich die Vernunft wieder einstellte.

Sein Verhalten war unentschuldbar.

Ihm war übel. Zitternd griff er nach einer Decke und wickelte Kitty darin ein, dann sank er auf die Bettkante und zog ihre eingewickelte Gestalt an sich. Sie vergrub ihr Gesicht in seiner Brust und schniefte.

„Kitty", presste er hervor und versuchte, die Geschehnisse der letzten Stunde zu sortieren. „Es tut mir leid – ich hätte das nicht tun dürfen. Ich habe den Verstand verloren."

„Das ist in Ordnung", erwiderte sie, auch wenn er spürte, wie sie am ganzen Körper zitterte. „Es tut mir so schrecklich leid, wie ich mich verhalten habe", schluchzte sie. „Ich hätte mich Ihnen gegenüber nie so unverschämt verhalten dürfen, und ich hätte auf Sie hören müssen, als Sie sagten, dass ich keine Champagner mehr trinken soll."

„Kitty, ich muss fragen – was geht zwischen Ihnen und Lord Fenton vor sich?"

Sie hob den Kopf, um ihm zu antworten. „Nichts. Das schwöre ich", sagte sie mit flehenden Augen. „Ich habe lediglich versucht, Sie eifersüchtig zu machen, und Teddy wollte Lady Dunning von sich ablenken." Ihre Stimme war tränenerstickt.

Lady Dunning. Seine Brust zog sich so eng zusammen, dass er keine Luft mehr bekam. Sie hatte ihn so einfach manipuliert. Er war eifersüchtig geworden und hatte grundlos eine Szene gemacht.

„Ruhig. Nicht weinen", murmelte er. „Es ist alles in Ordnung, Kätzchen", beschwichtigte er sie, auch wenn mitnichten alles in Ordnung war. All seine bedachte Kontrolle, sein Bestreben, seine Wetten zu sichern, waren ihm in mit nur einem Straucheln seiner Welt entglitten. Er hatte Kittys Unschuld geraubt und sie gegen ihren Willen ruiniert.

Ängstlich blickte sie zu ihm auf und wartete noch immer auf Vergebung, die zu gewähren ihm in keiner Weise zustand. Wie üblich fand er keine Worte. Er beugte sich hinunter und küsste ihre Stirn, dann strich er ihr die dunkelbraunen Haare aus dem Gesicht und zog nach und nach die Haarklammern heraus. Wieder schniefte sie, und er zückte sein Schnupftuch und reichte es ihr an. Sie nahm es entgegen und schnäuzte sich die Nase, dann zupfte sie sich die Handschuhe von den Händen. „Ich schätze, nun dürfte es Ihnen nichts mehr ausmachen, meine entblößten Hände zu sehen?"

Ihr kläglicher Versuch des Humors schickte einen stechenden Schmerz durch sein Herz. Er zwang sich ein schwaches Lächeln aufs Gesicht. „Kitty ...", hob er an, doch dann hielt er inne, denn er wusste einfach nicht, was er noch sagen sollte.

Sie griff nach seiner Hand, die in ihren Haaren vergraben war, zog seine Finger an ihre Lippen und küsste sie. Um ein Haar blieb ihm das Herz stehen und er musste gegen die Tränen ankämpfen, die in seine Augen traten. Erneut beugte er sich hinunter und küsste ihre Stirn. „Ich werde warme Milch für Sie holen, während Sie sich anziehen."

„Vielen Dank", sagte sie und sah enttäuscht aus, doch warum konnte er um alles in der Welt nicht sagen.

Als er mit der Milch zurückkam, trug sie wieder ihr oranges Ballkleid, das mittlerweile vollkommen zerknittert war und Champagnerflecken aufwies. Sie benötigte seine Hilfe, um die Haken von Korsett und Kleid in ihrem Rücken zu schließen, und er kam ihrer Bitte mit zitternden Fingern nach. Kitty trank die Milch. Sie sah erschöpft aus, hatte rot geweinte Augen und ihr Gesicht war blass. Als sie die Milch ausgetrunken hatte, nahm er ihr die Tasse ab und stellte sie auf den Tisch. „Komm. Ich bringe dich nach Hause."

Schweigsam legten sie den Weg zu Kittys Haus zurück. Westerfields Gedanken spielten immer wieder den Augenblick ab, als er über ihren jungfräulichen Widerstand hinweggefegt war wie ein plündernder Wikinger. Als sie Kittys Zuhause schließlich erreichten, hatte er die einzige Entscheidung getroffen, die ihm richtig vorkam – er musste sie freigeben. Sie hatte ihn von Anfang an nicht heiraten wollen, und jetzt, nachdem er sie geschändet hatte, würde sie ihn regelrecht verachten. Es war nicht fair, sie dazu zu zwingen, den Rest ihres Lebens mit einem Mann zu verbringen, dem sie niemals verzeihen konnte.

Der Morgen graute bereits und der Nachthimmel färbte sich langsam violett. Als er sie zur Eingangstür führte, wurde Kittys Atem schneller und ihre Finger zogen sich um seinen

Arm zusammen, bis sie schließlich an ihm zog, als wollte sie seine Schritte ausbremsen. „Maury …", fing sie an.

„Ich kümmere mich um ihn", erwiderte Westerfield lediglich und klopfte bereits an die Tür.

Er hörte sie schniefen, und legte seine große Hand beruhigend über ihre Finger auf seinem Arm. Der Butler, der ganz zerknittert vom Schlaf aussah, bat sie mit einem Bückling herein.

„Ich wünsche, Lord Stanley zu sprechen", erklärte Westerfield, als wäre es nichts Ungewöhnliches, einem Freund im Morgengrauen einen Besuch abzustatten.

„Lord Stanley ist noch nicht von seinem Abend zurückgekehrt", erwiderte der Butler steif.

Wieder zog sich Kittys Hand um Westerfields Arm zusammen, und er begriff ihre stumme Botschaft. „Dann werde ich auf ihn warten", sagte er.

„Wie sie wünschen", sagte der Butler und führte sie in den Salon.

Als sie allein waren, drehte sich Westerfield zu Kitty um. „Gehen Sie ins Bett, ich kümmere mich um die Angelegenheit mit Ihrem Bruder." Er beabsichtigte, Maury aus seinem Vertrag zu entlassen und gleichzeitig sein Angebot der zusätzlichen 10.000 Pfund zu erfüllen.

„Nein", widersprach Kitty stur. „Ich warte mit Ihnen."

Weil er es nicht übers Herz brachte, ihr zu widersprechen, nahm er auf seinem Sofa Platz und zog sie neben sich.

Die Tür ging auf und Miss Anderson stürzte nur mit ihrem Morgenmantel bekleidet ins Zimmer. „Da sind Sie ja!", rief sie aufgeregt aus. Neben ihm erstarrte Kitty.

„Gehen Sie zurück ins Bett, Miss Anderson. Ich werde die Angelegenheit mit Lord Stanley klären."

Miss Anderson knickste. „Wie Sie wünschen, Lord Westerfield."

Er legte seinen Arm um Kitty, zog sie an seine Seite und

bot ihr seine Schulter an, für den Fall, dass sie sich ausruhen wollte. Innerhalb weniger Minuten war sie eingeschlafen. Auch er schloss die Augen, nur um von Miss Andersons Eintreten aufgeschreckt zu werden, die ins Zimmer zurückgekommen war.

„Verzeihen Sie, Lord Westerfield, aber Lord Stanley ist gestern Nacht nicht zurückgekehrt."

Westerfield blinzelte und musste feststellen, dass bereits der helllichte Tag durch die Vorhänge hereinfiel. Die Uhr auf dem Kaminsims zeigte zehn Uhr morgens an.

Auch Kitty schreckte mit einem Keuchen auf. „Ihm muss etwas zugestoßen sein!"

Harry stieß den Atem aus. Das bezweifelte er, doch er sah, dass sie beunruhigt war.

„Ist so etwas schon einmal vorgekommen?"

„Niemals!", rief sie aus, rang die Hände und schritt im Zimmer auf und ab. „Selbstverständlich kommt er hin und wieder recht spät nach Hause, doch die ganze Nacht über ist er noch nie fortgeblieben. Es ist schon Vormittag! Bitte – werden Sie mir helfen?"

Er bezweifelte, dass etwas mit unrechten Dingen zugegangen war. Viel wahrscheinlicher war es, dass Stanley den Zorn seiner Schwester leid geworden war und Trost im Spiel, im Alkohol und möglicherweise in den Armen einer Prostituierten gesucht hatte. Trotzdem, Kitty bat ihn um seine Hilfe, und die war er ihr schuldig.

„Ich werde augenblicklich zur St. James Street aufbrechen."

Sie griff nach seinem Arm, was einen Blitz der Erregung durch ihn hindurchschickte. „Nehmen Sie mich mit."

Als er die Stirn runzelte, flehte sie ihn förmlich an. „*Bitte*. Ich kann nicht hierbleiben und den ganzen Tag im Zimmer auf und ab gehen. Ich verliere noch den Verstand!"

Er senkte den Blick auf ihr nervöses Gesicht, und ihm

wurde bewusst, dass ihr Blick ein weiteres Beispiel ihrer exquisiten Ausdrucksfähigkeit war. Wenn sie glücklich war, verströmte sie Freude, die so überschäumend war wie ihr Zorn explosiv. Als sie in diesem Moment voller Sorge um ihren Bruder war, wurde ihm klar, dass sie nicht ruhen würde, bis ihre Sorgen zerschlagen waren.

„Es schickt sich nicht …"

„Er hat recht, Miss Stanley", meldete sich ihre Gesellschafterin zu Wort.

„Wir bleiben in der Kutsche sitzen", unterbrach Kitty, „und ziehen die Vorhänge zu. Bitte, Lord Westerfield?"

Mit flehenden Augen blickte sie zu ihm auf, und er musste erkennen, dass er ihr unmöglich widerstehen konnte. Er seufzte und schüttelte langsam den Kopf. „Ich muss den Verstand verloren haben", murmelte er.

„Sie nehmen uns mit?"

Er nickte.

„Vielen Dank", erwiderte sie atemlos. „Ich gehe mich auf der Stelle umziehen!"

WÄHREND DER KUTSCHFAHRT VERSUCHTE KITTY, ihr Unbehagen zu verheimlichen. Ihr Hintern war wund vom Spanking, und das Schaukeln des Wagens linderte dieses Unbehagen mitnichten. Ihre Gedanken überschlugen sich. Beschämt über ihr Verhalten auf dem Ball, wusste sie, dass sie die Strafe von Lord Westerfield verdient hatte, auch wenn sie schockiert darüber war, dass er den Skandal noch verschärft hatte, indem er ohne Anstandsdame mit ihr davongestürmt war. Ein beängstigender Gedanke stieg in ihr auf. Was, wenn es seine Absicht gewesen war, sie für die Gesellschaft vollkommen zu ruinieren und anschließend seinen Heiratsantrag zurückzuziehen? Sie würde ihr Gesicht nie wieder zeigen können. Es wäre die schlimmste Rache für ihr Verhalten.

Verstohlen warf sie ihm einen Blick zu. Nein. Er würde ihr jetzt nicht helfen, wenn er beabsichtigt hätte, sie zu ruinieren.

Allerdings würde er den Vertrag mit Maury lösen müssen. Die Härchen auf ihren Armen stellten sich auf. War Westerfield ein sehr rachsüchtiger Mann?

Lord Westerfield fuhr mit ihnen zum Spencer's. Dort angekommen, wies er den Kutscher an, mit ihnen um den Straßenblock zu fahren, bis er aus dem Spencer's zurückgekehrt war. Als er wieder zu ihnen stieß, teilte er ihnen mit, dass Maury sich nicht im Spencer's befand, jedoch früher dort gewesen sei. Im Club gingen sie davon aus, dass er zu einem Bordell weitergezogen war. Dort versuchte Lord Westerfield es als Nächstes, nur um feststellen zu müssen, dass Maury auch dieses Etablissement verlassen und eine noch schäbigere Spielhölle aufgesucht hatte. Westerfield befahl dem Kutscher, in der Gasse hinter dem Gebäude zu halten, vermutlich, damit sie nicht auf der Straße vor einem solchen Laden gesehen wurden.

Als sie um die Ecke bogen, erblickten sie ein Scharmützel. „Maury!", rief Kitty, als sie ihren Bruder mitten im Schlagabtausch erblickte.

„Halten Sie hier an", befahl Westerfield seinem Kutscher, riss sich den Mantel vom Körper und löste seinen Krawattenknoten. „Und dann benötige ich Ihre Assistenz!"

Ein Mann hatte Maury die Arme auf den Rücken gedreht, während ein anderer ihm in die Rippen boxte. Ein Dritter stand daneben und zählte Geldscheine. Kaum hatte die Kutsche angehalten, sprang Lord Westerfield heraus, den Kutscher auf den Fersen, der noch schnell die Pferde festband, damit sie nicht durchgingen.

Lord Westerfield nahm den überrumpelten Angreifer in

den Schwitzkasten, doch sein Vorteil war von kurzer Dauer, bevor der dritte, freistehende Mann auf ihn losging.

„Harry!", rief Kitty warnend aus.

Westerfield konnte zwei ordentliche Hiebe landen, bevor er selbst einen Schlag in die Magengrube abbekam. Sein Kutscher konnte einen der Männer ablenken, und nun stand es drei gegen drei, auch wenn Maury sich nur noch schwerfällig bewegte. Einer der Angreifer rief in Richtung der Spielhölle um Hilfe.

Kitty stand in der Tür der Kutsche und fragte sich, ob es irgendetwas gab, was sie tun konnte, um zu helfen. Lord Westerfield bemerkte sie, warf ihr einen mahnenden Blick zu und deutete unmissverständlich auf die Kutsche. Bei seinem strengen Ausdruck flatterte ihr Magen und ihr Hintern pochte mit der Erinnerung an seine Schläge. Hastig wich sie in die Kabine zurück, sah jedoch weiter durch das Fenster zu.

Lord Westerfield wich seinem Gegner aus und landete einen weiteren Schlag gegen Maurys Angreifer, der den Kerl zu Boden gehen ließ. Maury drehte sich zu Westerfield um. „Vielen Dank", sagte er. „Doch ich schulde dir noch was für meine Schwester", fügte er hinzu, dann flog seine Faust in Westerfields Richtung. Unglaublicherweise machte Lord Westerfield zunächst Anstalten, der Faust auszuweichen, besann sich jedoch und akzeptierte den Hieb bereitwillig. Er schüttelte sich wie ein nasser Hund. In diesem Moment flog die Hintertür des Etablissements auf. „Wir besprechen diese Angelegenheit später!", brüllte Lord Westerfield, und alle drei Männer rannten zur Kutsche davon. Der Kutscher löste den Knoten, band die Pferde los und ließ die Kutsche anrollen, gerade, als zwei Männer aus der Hintertür des Gebäudes stürzten. Einer von ihnen rannte der Kutsche hinterher und sprang auf das Trittbrett auf.

„Fort!", fauchte Lord Westerfield und trat dem Mann so

heftig in die Kniekehle, dass er mit Sicherheit bleibende Schäden davontrug. Heulend vor Schmerzen taumelte der Mann zurück auf die Straße.

Schwer atmend nahmen Maury und Lord Westerfield Platz. Kitty und ihre Begleiterin starrten sie an. Maury stank nach Alkohol, und seine edle Kleidung war so zerknittert, dass man ihn für einen Vagabunden halten könnte. Seine Nase blutete, und Lord Westerfield bot ihm sein Schnupftuch an. „Was hatte es mit dieser Sache auf sich?"

„Diese Taugenichtse haben geschummelt! Sie haben geschummelt, und ich habe mich geweigert, zu zahlen. Dann haben sie behauptet, ich hätte dort bereits Schulden", erklärte Maury mit dumpfer Stimme durch seine zugeschwollene Nase.

Kitty schnaubte fassungslos. Maurys Blick flog zu ihr herum. „Ich glaube, hier ist niemand über alle Kritik erhaben, oder etwa doch?"

Sogar Miss Anderson sank in ihren Sitz zurück. Kitty musterte das zerschlagene Gesicht ihres Bruders, der sich gegen die Rückenlehne fallen ließ.

„Ich hasse dich, Maury", murmelte sie schließlich. „Ich hasse dich wirklich."

Maury lehnte den Kopf gegen die Wand und schloss die Augen. „Ich weiß", erwiderte er müde. „Ich hasse mich auch."

Erschrockenes Schweigen folgte auf dieses Eingeständnis. Mühsam öffnete Maury das Auge, das nicht zugeschwollen war. „Es tut mir leid, Kitty", sagte er leise. „Es tut mir wirklich leid. Ich wollte dein Leben nicht ruinieren, zusammen mit meinem."

Kitty brach in Tränen aus.

„Ich hoffe, du kannst mir eines Tages verzeihen."

„Oh, Maury, du dummer, dummer Mann!", schluchzte Kitty und erhob sich von ihrem Platz, sodass Harry ihre Taille greifen und sie festhalten musste, damit sie nicht das

Gleichgewicht verlor, als sie die Arme um den Hals ihres Bruders schlang. Maury zog sie auf die Bank neben sich, was Miss Anderson dazu zwang, ihren Platz zu räumen und sich neben Westerfield zu setzen. Kitty lehnte sich an ihren Bruder und ließ den Kopf auf seine Brust sinken. Beschützend legte Maury seinen Arm um ihre Schulter.

„Was habe ich da über euch beide und letzte Nacht gehört?"

Sie spürte, wie ihr die Schamesröte ins Gesicht stieg. Das Gerede über sie hatte sich erschreckend schnell bis zur Spielhölle verbreitet. „Es tut mir leid, Maury. Ich war ungezogen. Schrecklich ungezogen. Ich habe zu viel getrunken und ich …" Sie verstummte und suchte Lord Westerfields Blick. „Ich war ungezogen", wiederholte sie und schlug die Augen nieder.

„Westerfield?", verlangte Maury.

„Ich entlasse dich aus dem Vertrag über unsere Heirat", erklärte Lord Westerfield stumpf.

Das Blut in Kittys Adern verwandelte sich in Eis.

„Ich zahle den vollen Betrag, auf den wir uns geeinigt haben, aber ich entlasse Kitty aus ihrer Pflicht, mich zu heiraten."

Sie spürte, wie ihr schwindelte, und zerrte an ihrem Korsett, um ihrer Lunge Raum zum Atmen zu ermöglichen. Der Schreck ließ ihren Atem in flachen, keuchenden Zügen gehen.

„Das ist inakzeptabel, Westerfield. Du hast ihren Ruf beschmutzt, indem du sie ohne Begleitung von diesem Ball gezerrt hast. Du kannst sie jetzt nicht sitzenlassen."

„Da gibt es etwas … was du nicht verstehst", sagte Harry und schluckte angestrengt.

Kittys Herz fing an zu hämmern.

„Was?", blaffte Maury.

„Ich … ich habe mich ihr aufgezwungen."

Hitze ergriff sie und verdrängte die Eiseskälte so schnell, dass sie schon glaubte, in Ohnmacht zu fallen. Miss Anderson blickte regelrecht schockiert drein. Maury warf sich auf Westerfield und begann, ihn zu würgen und seinen Kopf gegen die Kutschwand zu schlagen.

„Du Bastard!"

„Ich weiß", würgte Lord Westerfield hervor.

„Hör auf, Maury!", schrie Kitty und zerrte am Arm ihres Bruders. „Hör auf!"

Lord Westerfields Blick traf ihren und verriet unendlich tiefe Gefühle, die sie nicht verstand. Vielleicht bemerkte Maury es auch, denn sein Griff lockerte sich, und das erlaubte Harry, mehrmals tief ein- und auszuatmen.

„Du wirst sie heiraten, Westerfield, oder ich fordere dich zu einem Duell heraus."

Noch immer war Westerfields Blick auf sie gerichtet, hungrig und verzweifelt. „Nur, wenn sie mich haben will", erwiderte er leise.

Sie atmete ein und versuchte, nicht zu verraten, wie erleichtert sie war. „Ich habe wohl kaum eine Wahl, oder? Wenn ich mich jemals wieder in der Gesellschaft zeigen will?"

Maury ließ Lord Westerfields Hals gänzlich los und sank zurück auf seinen Platz. „Dann wäre das also entschieden. Du fährst auf der Stelle mit ihr nach Gretna Green", verkündete er und bezog sich auf den ersten Postkutschenhalt jenseits der schottischen Grenze. Dort konnte ein Paar heiraten, ohne ein Aufgebot zu bestellen, und sogar, wenn sie noch nicht volljährig waren.

Als Kitty bemerkte, dass Lord Westerfield todunglücklich aussah, als er stumm nickte, war sie zutiefst bestürzt.

. . .

HARRY FUHR NACH HAUSE, um einen Reisekoffer zu packen, dann kam er zurück, um seine zukünftige Braut abzuholen. Er hatte das Gefühl, Wackersteine im Magen zu haben. Auch wenn er keine Skrupel damit gehabt hatte, Kittys Hand durch einen Geschäftsvertrag zu sichern, machte es ihn nun todunglücklich, zu wissen, dass er sie durch einen so unfeinen Akt zur Heirat mit ihm zwang. Die Scham, die sein ganzes Dasein durchdrang, war ihm nur allzu vertraut – er hatte sie oft als Knabe empfunden.

Es war unmöglich gewesen, seinen Vater zufriedenzustellen, und dessen unaufhörliche Kritik war gegen alles und jeden gerichtet gewesen – gegen die Angestellten, gegen Harrys Mutter und insbesondere gegen sein einziges Kind. Wenn die Tiraden über ihn hereingebrochen waren, war Harry verstummt und hatte sich in die Ordnung zurückgezogen – in das Zählen von Dingen, in Erfindungen, in das Lösen von mathematischen Problemen oder in die Vermessung seiner Welt durch die tröstliche Einsamkeit der Zahlen. Auch jetzt ertappte er sich wieder dabei, wie er die Meilen ihrer Reise zählte, und diese in Stunden und Minuten umrechnete, um so die unterschiedlichen Raststellen und Zwischenhalte zu bestimmen.

Als er Kitty abholte, schien sie recht gefasst zu sein, und er staunte über ihre Haltung. Er half ihr in die Kutsche und bemerkte, wie sie zusammenzuckte, als sie sich hinsetzte, also bot er ihr das Kissen von seinem Platz an. Kitty wurde rot, akzeptierte das Kissen jedoch. „Vielen Dank, Mylord", sagte sie.

Nach einer halben Stunde wurden ihre Lider schwer und sie schlief ein. Sie sah so zerbrechlich aus. Ihr Kopf rollte gefährlich nah gegen die Rückwand der Kutschkabine, und ihre langen Wimpern bedeckten die dunklen Schatten unter ihren Augen. Leise setze sich Harry neben sie und zog ihren

Kopf an seine Schulter. Kurz öffnete sie die Augen und blinzelte ihn überrascht an. Er machte sich bereits auf ihren Widerspruch gefasst, doch stattdessen ließ sie den Kopf langsam wieder an seine Schulter sinken und schloss erneut die Augen.

Es war keine besonders bedeutsame Geste, doch er genoss sie zutiefst, legte seinen Arm um ihre Schulter, um ihr ein stabiles Kissen zu sein, und war froh darüber, ihr etwas bieten zu können, was ihren Aufruhr besänftigte. Sie reisten ohne Pause, hielten nur für Mahlzeiten an und, um die Pferde zu wechseln, und fuhren die Nacht und den gesamten nächsten Tag durch, bevor sie schließlich an einem Gasthof anhielten, um zu schlafen.

„Möchten Sie ein separates Zimmer?", fragte er Kitty, als er ihr aus dem Wagen half. Obwohl sie es beide müde waren, schweigsam in einer beengten Kutsche zu reisen, fand er es schade, nicht noch eine weitere Nacht mit ihrem Kopf auf seiner Schulter zu verbringen.

Prüfend musterte Kitty den Gasthof, dann schüttelte sie kaum merklich den Kopf. „Nein, vielen Dank. Für eine Nacht ein Zimmer mit Ihnen zu teilen, ist sicherlich nicht schlimmer, als die Kutsche zu teilen."

Er bot ihr seinen Arm an. „Sind Sie sicher?", fragte er sardonisch.

Sie blickte sich übertrieben suchend nach seinem Gepäck um. „Das hängt davon ab, ob Sie diesen verflixten Riemen eingepackt haben!"

Er lächelte und spürte, wie ihn eine Welle der Zuneigung für sie ergriff, für ihre Fähigkeit, selbst die angespanntesten Situationen so anmutig aufzulockern. Sie griff nach seinem Arm und seufzte. Sie sah noch erschöpfter aus als tags zuvor. Westerfield mietete ein Zimmer und sie aßen ein kaltes Abendessen.

„Lord Westerfield, ich habe Kopfschmerzen und ich

glaube, ein wenig frische Luft könnte helfen", erklärte sie anschließend unsicher.

„Selbstverständlich. Ich werde Sie bei einem Spaziergang begleiten."

„Vielen Dank."

Er bot ihr seinen Arm an und sie gingen gemächlich die schmale Dorfstraße hinunter, atmete den Duft frisch geschnittenen Grases ein und hörten das Blöken der Schafe in der Ferne. Als sie um eine Ecke bogen, erblickten sie eine Menschenmenge – hauptsächlich Männer und Jungen, allerdings auch einige Frauen aus dem Dorf –, die in einem Kreis standen und johlten und riefen.

„Was ist hier los?", fragte Kitty.

„Ich bin mir nicht sicher", erwiderte er.

„Sollen wir nachsehen?"

Trotz seiner Bedenken hätte er ihr jeden Wunsch erfüllt, also führte er sie zu der Ansammlung. Als sie näher kamen, erkannte er, dass es sich um einen Hahnenkampf handelte. Er blieb wie angewurzelt stehen, schlang einen Arm um Kittys Taille und zog sie zurück in die Richtung, aus der sie gekommen waren.

„Was? Was ist los?", fragte sie.

„Ein Hahnenkampf."

„Nein!", stieß sie erschrocken aus. „Ist das nicht barbarisch?"

„Ja. Es sollte verboten werden, auch wenn es vermutlich nie dazu kommen wird."

„Nun, warum denn nicht?"

Er zuckte mit den Schultern. „Es gibt nicht genug Unterstützung im Parlament, um ein solches Gesetz zu verabschieden. Thomas St. John, ein alter Schulfreund von mir, ist Vorsitzender der Gesellschaft zur Vermeidung von Tierquälerei, und er hat bereits versucht, Hahnenkämpfe zu verbieten, genauso wie Bärenhetze, doch daraus wurde nichts."

Mittlerweile stützte sich Kitty schwerer auf seinen Arm.

„Sie sind erschöpft, oder? Komm, lassen Sie uns zurück zum Gasthaus gehen." In ihrem Zimmer angekommen, fiel Kittys Blick unsicher auf ihre Reisetruhe.

„Soll ich nachfragen, ob es ein Dienstmädchen gibt, dass Ihnen beim Auskleiden helfen kann?"

Sie zögerte, dann schluckte sie. „Nein. Sie können mein Korsett lösen", sagte sie schließlich und drehte ihm den Rücken zu, damit er an die Haken und Schnüre herankam. Sie stand stockstief da, und als er ihre Schulter berührte, zuckte sie zusammen.

„Kitty", sagte er leise in ihr Ohr. „Ich werde mich Ihnen nicht noch einmal aufzwingen. Ich gebe Ihnen mein Wort."

Sie wagte einen Blick über ihre Schulter. „Vielen Dank", antwortete sie nervös. Je mehr er versuchte, so zu tun, als wäre das Öffnen eines Korsetts eine alltägliche Angelegenheit für ihn, umso weniger konnte er das Gefühl ihrer nackten Haut unter seinen Fingern ignorieren, geschweige denn die perfekte Form ihrer schmalen Taille und ihrer runden Hüfte. Ihr Atem klang unnatürlich laut in diesem stillen Zimmer. Harry öffnete ihr Kleid und atmete ihren mittlerweile so vertrauten Duft ein, während er die Schnüre ihres Korsetts löste. Kitty presste die Hände über ihr Dekolleté, damit das Korsett nicht herunterrutschte. Dann, zu seiner Belustigung, trug sie ihr Nachthemd hinter den Paravent, wo der Nachttopf stand, und zog sich dahinter fertig um. Auch er zog seine Sachen aus und schlüpfte in ein Nachtgewand.

In einem konservativen weißen Nachthemd mit Spitzenkragen trat sie hinter dem Paravent hervor. Obwohl das Nachthemd so locker fiel, konnte er die Kurven ihrer breiten Hüfte und das Heben und Senken ihrer Brust ausmachen, als sie auf ihn zukam. Ihre Nippel zeichneten sich steif unter dem dünnen Stoff ab. Erregte sie die Vorstellung, das Bett mit ihm zu teilen? Dieser Gedanke ließ ihn schwindeln. Doch der ängstliche Blick, den sie ihm zuwarf, als sie aufs Bett zutrat, dämpfte seine eigene Erregung prompt.

Natürlich fürchtete sie sich vor ihm. Er hatte ihr wehgetan, ohne ihr auch nur das geringste Quäntchen Lust zu schenken. Vermutlich graute ihr vor der Vorstellung, noch einmal mit ihm intim zu werden. Sein Magen zog sich vor Scham zusammen, und kaum war Kitty am Bett angekommen, löschte er das Licht, lag vollkommen regungslos da und lauschte ihrem Atem. Die Ironie der Situation, dass sie so nah und doch so unerreichbar war, schnürte ihm die Kehle zu.

AM NÄCHSTEN MORGEN fuhren sie weiter. Kitty musterte ihn während der Fahrt und versuchte, aus diesem wortkargen Mann schlau zu werden. Jetzt, nachdem es vorbei war, empfand sie es als recht aufregend, ihn zu solcher Leidenschaft getrieben zu haben – seine Eifersucht, seine Ungestümheit, sie zur Frau zu nehmen, machte ihn in ihren Augen nur noch attraktiver. Nun lehnte er sich mit vom Faustkampf in der Gasse zugeschwollenem Augen in seinen Sitz zurück und sah müde aus.

Sein Blick wanderte zu ihr und er betrachtete sie lange, dann schließlich sagte er: „Wollten Sie mir weismachen, dass Sie absichtlich versucht haben, mich auf dem Ball eifersüchtig zu machen?"

Sie biss sich auf die Unterlippe. „Ja", erwiderte sie kaum hörbar.

„Warum?", verlangte er.

„Weil Sie mich ignoriert haben, seit dem Abend, als Sie ..." Sie verstummte, als ihr die Worte *mir den Hintern versohlt haben* im Halse steckenblieben. „... mich geküsst haben", endete sie lahm.

Sie konnte einen Anflug der Belustigung in seinen Augen erkennen, doch sofort wurde sein Ausdruck wieder ernst.

„Sie haben mich nicht zum Tanzen aufgefordert, Sie haben mich nicht besucht …" Als er die Stirn runzelte, schreckte sie förmlich zurück.

Westerfield strich sich mit der Hand über das raue Kinn. „Ich habe Abstand gehalten, weil es mir schwerfiel, mein Verlangen für Sie zu zügeln. Ich fürchtete, ich würde zu weit gehen, bevor wir überhaupt verheiratet sind. Und genau das habe ich schließlich getan", fügte er hinzu, und sie konnte die Selbstverurteilung in seinem Tonfall hören.

Bei seinem Geständnis wurde ihr ganzer Körper von Wärme ergriffen, und sie strich ihren Rock glatt, um ihre Freude darüber zu verheimlichen.

„Muss ich Sie warnen, nicht wieder solche Spielchen mit mir zu treiben?", fragte er und zog streng eine Augenbraue hoch. Ihr Magen flatterte, als sie sich an seine Bestrafung erinnerte.

„Nein, Mylord."

Ein kaum merkliches Lächeln huschte über seine Lippen, als sie so überstürzt antwortete.

„Glauben Sie mir, dass es kein Verhältnis zwischen mir und Teddy gibt, abgesehen davon, dass wir Kindheitsfreunde sind?"

Er nickte, und wieder fuhr er sich mit den Händen über das Gesicht, während er langsam ausatmete. „Lady Dunning hat auf eine Zuneigung angespielt."

Kitty schnappte nach Luft. „Diese kleine Kuh! Sie kann es nicht ertragen, dass Teddy nichts von ihr wissen will, und ist eifersüchtig auf jede Dame, mit der er tanzt."

Westerfield schenkte ihr ein schiefes Grinsen. „Ich muss mich entschuldigen. Mit so etwas hätte ich rechnen müssen."

Nachdem sie einen weiteren Tag und die halbe Nacht durchgefahren waren, fiel Kitty am Ende der Etappe erschöpft ins Bett, ohne sich umzuziehen. Ihr Kopf schmerzte und sie fröstelte. Am Morgen wachte sie mit rasenden Kopfschmerzen und dem seltsamen Gefühl auf, beobachtet zu werden. Sie blinzelte die Augen auf und erblickte ihren Bräutigam, der sich auf einen Ellbogen aufgestützt hatte und aus seinem geschwollenen Auge auf sie herabblickte. Prompt rollte er sich auf die Seite und stand in einer zügigen Bewegung auf.

„Guten Morgen", krächzte sie.

„Guten Morgen", erwiderte er knapp und wandte ihr den Rücken zu, während er sich ankleidete.

„Wann heiraten wir?"

„Sobald du fertig bist. Der Wirt sagt, es gäbe im Ort mehrere Schmiede, die bereit sind, uns an ihrem Amboss zu trauen." Derartige unregulierte Eheschließungen waren in Schottland erlaubt, solang Braut und Bräutigam vor zwei Zeugen ihre freiwillige Heiratsabsicht erklärten. Da zunehmend heiratswillige Paare aus England über die Grenze nach Schottland flüchteten, waren die Schmiede von Gretna Green im Ort als „Amboss-Priester" bekannt.

„Wie schrecklich romantisch", erwiderte Kitty trocken. Die Vorstellung, ein Hochzeitskleid zu tragen, kam ihr nun albern vor. Sie war erschöpft und verschmutzt, und bis auf Harry war niemand hier, der sie in diesem Kleid sehen würde. Zudem war sie im Augenblick nicht besonders erpicht darauf, ihn zu beeindrucken. „Ich bin sehr froh, darauf bestanden zu haben, dass *Sie* mein Hochzeitskleid bezahlen, das niemand sehen wird."

Sie erwartete sein übliches Schweigen auf ihre abfällige Bemerkung, doch er blickte sie mitfühlend an. „Ich sage Ihnen eins, Kätzchen – bevor die Saison zu Ende ist, richten wir einen großen Ball aus, auf dem wir unsere Heirat verkünden und Sie als die neue Lady Westerfield einführen."

Kitty spürte einen Anflug von Interesse und hob den Blick zu seinem Gesicht. „Wirklich?"

Er nickte. „Wirklich. Würde Ihnen das gefallen?"

Sie stellte sich vor, was für einen Ball sie als Gastgeberin ausrichten würde – den Vorteil, alle Geheimnisse zu erfahren, Beziehungen zu knüpfen und das lächerliche Spiel der Gesellschaft zu genießen. „Ja, das würde mir gefallen." Doch dann fiel ihr mit aller Gewalt die Szene ein, mit der sie den letzten Ball verlassen hatte – unbegleitet, mit entblößten Brüsten, wie sie von ihrem erzürnten Verlobten davongezerrt wurde – und ihr Herz sank. „Glauben Sie … könnten Sie sich vorstellen … werden sie mich wieder akzeptieren?"

„Ja", antwortete er ein wenig zu entschieden. „Sie werden keine Wahl haben, außer Sie zu akzeptieren. Dafür werde ich sorgen."

„Wie werden Sie dafür sorgen?"

„Ich werde es einfach tun", erwiderte er stur, was, wie sie befürchtete, nur bedeuten konnte, dass er es nicht wusste.

„Sie müssen das Kleid heute nicht tragen, wenn Sie nicht wollen", fügte er sanft hinzu.

Kitty stemmte die Hände in die Hüfte, kaute auf ihrer Unterlippe herum und musterte ihn. Es kam ihr albern vor, sich überhaupt so viel Mühe zu machen, vor allem jetzt, nachdem Westerfield deutlich gemacht hatte, dass es ihm egal war. Aber nein, es war ihre Hochzeit und sie wollte ein weißes Kleid tragen. „Ich werde es anziehen", erklärte sie.

„Selbstverständlich. Sollen wir zunächst frühstücken, und anschließend lasse ich ein Dienstmädchen kommen, um Ihnen beim Anziehen zu helfen?"

„Ja. Warten Sie unten im Speisesaal auf mich?" Es war ihr unangenehm, ihre Morgenwäsche zu verrichten, während er noch im Zimmer war.

„Selbstverständlich." Er zog seine Weste und seinen

Mantel an, verließ den Raum und zog die Tür sanft hinter sich ins Schloss.

Der wahre Grund ihrer Unruhe war ein intimes Problem – ein schreckliches Brennen, wann immer sie den Nachttopf benutzte. Zunächst hatte sie geglaubt, noch wund von Westerfields Plünderei zu sein, doch mittlerweile schien es ihr, als würde tatsächlich etwas nicht stimmen, auch wenn sie sich nicht vollkommen sicher sein konnte. Sie musste unbedingt mit einer Frau sprechen und sich Rat einholen.

Irgendwie schaffte sie es durch den Morgen, das Frühstück und das Anziehen ihres Hochzeitskleides, um schließlich durch die Dorfstraßen zur Schmiede geführt zu werden.

Sie schwitzte und ihr war schwindelig. Mit klammen Fingern versuchte sie, ihr Korsett zu lösen. Harry warf ihr einen besorgten Blick zu. „Ist Ihnen schwindelig?"

„Ein wenig", sagte sie atemlos. „Ich glaube, ich muss mein Korsett lösen."

„Das sind nur die Nerven, Kätzchen." Er legte seinen Arm um ihre Taille und zog sie an sich, damit sein starker Körper ihr eine Stütze bot, an die sie sich lehnen konnte. „Ich werde dich nicht fallen lassen."

Die Zeremonie war gnädig kurz, und bevor sie es sich versahen, schworen sie beide vor dem Schmied und seiner Frau ihre Ehegelübde.

„Ich erkläre Sie nun zu Mann und Frau. Sie dürfen die Braut jetzt küssen", verkündete der Schmied.

Obwohl ihr schwindelig war und sie nicht das geringste Interesse an einem Kuss von Lord Westerfield hatte, hob Kitty ihm pflichtbewusst ihr Gesicht entgegen. Westerfield beugte sich vor und drückte ihr einen flüchtigen Kuss auf die Wange, doch dann runzelte er die Stirn und legte seine Hand auf ihre Wange. „Fühlen Sie sich wohl?"

Sie schüttelte den Kopf. „Nein, nicht besonders gut."

Er berührte ihre Stirn. „Sie sind am Verbrennen, Kitty. Warum haben Sie mir nicht gesagt, dass Sie krank sind?"

Der Raum schwankte ein wenig, und sie ertappte sich dabei, wie sie sich an Harrys Arm festklammerte und an seine harte Brust gezogen wurde, wo er ihren Kopf beschützend an seinen Körper drückte. „Komm, wir gehen zurück ins Gasthaus und ich lasse einen Arzt kommen."

„Keinen Arzt", widersprach sie augenblicklich. Sie schämte sich viel zu sehr, einem Doktor von ihren Beschwerden zu erzählen, ganz zu schweigen davon, von ihm untersucht zu werden.

Westerfield zog sie an seine Seite und machte sich auf den Weg. „Das ist nicht Ihre Entscheidung", erklärte er entschieden.

Ihr Herz hämmerte, doch sie konnte keine Kraft mehr aufbringen, um mit ihm zu streiten. Im Zimmer angekommen, musste sie erneut den Nachttopf benutzen, auch wenn sie es vorgezogen hätte, wenn Harry währenddessen nicht im Zimmer verweilen würde. Doch die Energie, die Dinge in ihrem Sinne zu arrangieren, hatte sie längst verlassen. Sie saß auf dem Stuhl über dem Nachttopf und atmete ob des schier endlosen Brennens heftige ein und aus. Als sie wieder hinter dem Paravent hervortrat, warf ihr Harry einen eindringlichen Blick zu. „War es schmerzhaft? Den Nachttopf zu benutzen?"

Es war wirklich lächerlich, doch sie brach bei seiner Frage vor Scham in Tränen aus, erschöpft und beim besten Willen nicht in der Lage, mit der Situation anders umzugehen.

Bevor sie sich versah, hatte er sie in seine Armen gehoben, und ihre Füße lösten sich vom Fußboden, als Harry sie die wenigen Schritte zum Bett trug und sich dort mit ihr in seinen Armen niederließ. Er drückte ihr ein Schnupftuch in die Hand und sie vergrub ihr Gesicht darin, um ihre törichten Tränen zu verbergen. „Entschuldigen Sie – ich weiß nicht, warum ich weine. Normalerweise bin ich nicht so empfindlich", schniefte sie.

„Ruhig, es wird sich alles finden", beruhigte er sie. Sie spürte, wie sich seine Finger an den Haken ihres Hochzeitskleids zu schaffen machten, und sie ließ sich tiefer sinken und legte ihren Kopf in seinen Schoß, sodass sie ihm ihren Rücken zuwandte. Westerfield öffnete das Kleid, dann ihr Korsett, dann streichelte er ihre Haare, während sie vor sich hinschniefte.

Als sie sich beruhigt hatte, sagte er: „Ich lasse einen Arzt kommen."

Augenblicklich setzte sie sich auf und hielt ihr Kleid an ihrer Brust fest, damit es nicht gänzlich herunterrutschte. „Nein, das können Sie nicht tun!"

Stirnrunzelnd blickte er sie an. „Kitty, du bist krank und musst von einem Arzt untersucht werden."

„Harry, nein!"

„Warum nicht?" Er hob ihr Kinn und blickte suchend in ihre Augen.

„Wie soll ich das nur erklären?", fragte sie, und er konnte die Hysterie in ihrer Stimme hören. „Und was, wenn er nachsehen will?"

„Du musst überhaupt nichts erklären", sagte er entschieden. „Und ich werde ihm nicht gestatten, nachzusehen."

FÜNFTES KAPITEL

Kitty begann erneut zu weinen, und sein Herz zog sich vor Schuldgefühlen zusammen. Sie schien sich ihrer Tränen zu schämen, wedelte mit der Hand vor ihrem Gesicht herum und schluchzte: „Verzeihen Sie mir!"

Westerfield nahm ihr Gesicht in die Hände und wischte mit der Daumenkuppe ihre Tränen fort. „Kitty", stieß er heiser hervor. „Ich habe dir das angetan, und es tut mir zutiefst leid. Ich werde nicht zulassen, dass du deswegen erniedrigt wirst, das verspreche ich."

Er wusste nicht, wie er dieses Versprechen halten sollte, doch er war es ihr schuldig. Ihr Atem ging ruhiger und sie vergrub die Stirn in seiner Schulter. Federleicht glitt er mit den Fingern über ihren nackten Rücken, spürte, wie sich Gänsehaut auf ihrer Haut ausbreitete und sich ihr Körper entspannte, bis sie den Kopf erneut in seinem Schoß ablegte. Wenn er nicht so aufgewühlt über ihre offensichtliche Erkrankung gewesen wäre, hätte er diesen Moment genossen. Doch er konnte nichts hören, außer die Stimme in seinem Kopf, die ihn permanent schalt: *Das ist deine Schuld.*

Behutsam hob er ihren Kopf an und legte ihn auf dem Kissen ab. „Ich komme in wenigen Minuten zurück, Kätzchen", sagte er, und sie nickte und schloss die Augen. Harry ging hinunter, wo er die Frau des Gastwirts fand und sie zur Verschwiegenheit verpflichtete. Die Frau ließ eine Roma-Hebamme kommen und versprach, Gerstenwasser für Kitty zuzubereiten. Zurück im Zimmer fand er die dösende Kitty vor, deren Wangen gerötet vom Fieber waren. Er nahm ihr Nachthemd aus der Reisetruhe und begann, ihr behutsam das Hochzeitskleid auszuziehen. Sie öffnete ein Auge und bewegte ihren Körper so, dass er das Kleid leichter herunterziehen konnte, und der Satinstoff glitt über ihre wohlgeformte Hüfte und ihre Beine. Ihm wurde unerträglich heiß in seiner Weste. Als Nächstes waren das Korsett und der Unterrock an der Reihe, und auch, wenn er standhaft jeden Gedanken an seine Erregung leugnete, kam diese Botschaft bei seinem Körper nicht an. Seine Finger zitterten, als er ihre Haare streichelte, und beim Anblick ihre apfelgroßen Brüste, die aus ihrem Walknochenkäfig herausschauten, schwoll sein Schwanz in seiner Hose an. Obwohl er darauf achtete, keine Regung zu zeigen, damit er ihr Unbehagen nicht noch vergrößerte, bemerkte er, wie sie zu ihm aufsah, als sie in nichts als ihrem Schlüpfer, Strapsgürtel und Strümpfen da lag. Das Fieber ließ sie nur noch lieblicher aussehen. Sein Atem wurde schneller und er schluckte angestrengt.

„Das ist einfach meine Art, Ihnen Ihre ehelichen Rechte zu verwehren", sagte sie und verzog sarkastisch den Mund.

Bei ihrem Versuch des Humors zog sich sein Herz zusammen, und er beugte sich hinunter, küsste ihre Stirn und versuchte, die Kurven ihrer Brüste zu ignorieren, als Kitty sich auf den Rücken rollte. Es klopfte an der Tür und er zuckte zusammen, warf Kitty ihr Nachthemd zu und sprang vom Bett wie ein ertapptes Kind. Es war die Hebamme, die mit beflissener Geschäftigkeit ins Zimmer stürmte. Sie presste ihre Hand auf Kittys Stirn, stellte ihr Fragen und nickte bei ihren Antworten wissend.

„Das passiert vielen neuen Bräuten, meine Liebe", beschwichtigte die Hebamme und tätschelte Kittys Hand. „Es liegt am Einführen von etwas Neuem – oder besser gesagt, von jemandem Neuen – an dieser Stelle. Oder es kann passieren, wenn die Blase nicht oft genug geleert wird, wie es bei kleinen Kindern vorkommen kann."

Die Frau wandte sich an ihn. „Das Gerstenwasser wird ihr guttun." Sie zog ein Kraut aus ihrer Tasche und reichte es ihm an. „Brauen Sie einen Tee aus dem Gänsefingerkraut und lassen Sie sie täglich drei Tassen davon trinken, bis sie wieder hergestellt ist", wies sie ihn an. „Außerdem sollte sie täglich mindestens zehn Tassen frisches Quellwasser trinken – keinen Tee, keinen Kaffee, kein Bier." Sie warf ihm einen strengen Blick zu. „Und sie sollte im Bett bleiben, bis das Fieber zurückgegangen ist."

Er nickte zustimmend. „Wie viel schulde ich Ihnen für die Kräuter?"

Sie nannte ihren Preis, der ziemlich hoch war. „Ich hätte auch noch eine Salbe für ihre Lippen", sagte sie mit einem Funkeln in den Augen.

Harry liebte es mindestens so sehr wie die Roma-Frau, ordentlich zu feilschen, doch vor Kitty würde er das unter keinen Umständen tun, damit sie nicht am Ende den Eindruck bekam, er wäre nicht bereit, für ihre Behandlung zu zahlen. Er fischte die passenden Münzen aus seiner Tasche, nahm die Salbe entgegen und wies die Hebamme an, der Frau des Gastwirts die Kräuter zu bringen, damit sie den Tee brauen konnte.

„War das in Ordnung?", fragte er, als die Hebamme verschwunden war, und reichte Kitty die kleine Salbendose an.

„Ja, Danke." Sie rieb sich etwas der Fettsalbe auf die

aufgesprungenen Lippen und rieb sie auf eine Art und Weise zusammen, die sein Herz höher springen ließ. „Ich will zurück nach London."

„Selbstverständlich. Sobald es dir besser geht."

„Nein, ich meine jetzt. Nein, hören Sie …" Sie hob die Hand, als er sie unterbrechen wollte. „Es ist eine lange, elendige Kutschreise, und wenn ich mich ausruhen soll, bis das Fieber abgeklungen ist, dann kann ich das genauso gut in der Kutsche tun. Und bis wir zu Hause sind, bin ich wieder genesen."

Er schüttelte den Kopf. „Es war die Reise in der Kutsche, die dich überhaupt erst krank gemacht hat …", fing er an, doch die Schuldgefühle über den anderen Grund ihres Leidens verschlugen ihm die Sprache.

Mit flehenden Augen blickte sie zu ihm auf. „Bitte, Harry? Ich lehne meinen Kopf an Ihre Schulter und ruhe mich die ganze Fahrt über aus. Ich trinke zehn Tassen Wasser und das Gänsefingerkraut und schmiere mir die Salbe auf die Lippen."

Er lachte. Sie müsste nur noch die Hände falten, und sie sähe aus wie ein frommes Kind beim Bittgebet. Er seufzte. „Mir wird langsam bewusst, dass es sehr schwer für mich werden wird, dir je eine Bitte auszuschlagen."

Ihr Gesicht erstrahlte mit einem herrlichen Lächeln, das nur durch ihre spröden Lippen getrübt wurde.

„Aber", fuhr er fort, bevor sie etwas erwidern konnte, „wenn sich dein Zustand auch nur geringfügig verschlechtert, werden wir sofort anhalten und rasten, bis du dich besser fühlst."

„Es wird mir nicht schlechter gehen", gelobte sie, und er lachte.

„In Ordnung. Wir reisen direkt morgen früh ab."

Kitty ließ den Kopf in die Kissen sinken. „Vielen Dank."

Am nächsten Morgen hob Westerfield Kitty in die

Kutsche. Ihre Wangen brannten noch immer vor Fieber. Die Frau des Gastwirts gab ihnen einen Krug des Tees sowie einen Krug Quellwasser mit. Er nahm Kitty gegenüber Platz, und sie ließ ihren Kopf gegen die Kutschenwand sinken. „Sind Sie es leid, mein Kissen zu sein?", fragte sie neckend, doch ihre Augen waren noch immer eingesunken und fiebrig.

Er lächelte. „Niemals. Brauchst du ein Kissen?"

„Ja", murmelte sie. Harry rutschte auf den Platz neben ihr, und als sie an seine Seite sank, hielt er die Luft an. Er drückte seinen Rücken in die Ecke der Kutsche und zog Kitty an seine Brust, sodass ihr Kopf direkt unter seinem Kinn ruhte. Die Atmosphäre zwischen ihnen veränderte sich, als wären sie beide aufgerieben von dieser Nähe. Er genoss das seidige Gefühl ihrer rot-braunen Haare, die seinen Hals kitzelten. Als er mit dem Finger über den Ärmel ihres Reisekleides streichelte, spürte er, wie sie erschauderte. Sein Schwanz wurde hart und er rutschte auf seinem Platz hin und her, hoffte, sie würde es nicht bemerken. Ihr Atem wurde ruhiger und ihre Lider fielen zu. Harry schlang seine Arme um ihre Schultern, sog das Gefühl ihres zierlichen Körpers auf, den sie seiner Obhut anvertraut hatte, und redete sich selbst ein – nur für einen Augenblick – dass ihr Herz sein war und sie ganz und gar ihm gehörte.

„Lord Westerfield?"

„Harry", verbesserte er sie.

„Harry", sagte sie und wunderte sich darüber, wie leise ihre Stimme mit einem Mal klang, als wäre es unerhört intim, seinen Vornamen auszusprechen. „Warum können Hahnenkämpfe und Bärenhetze nicht verboten werden? Wer ist gegen ein solches Gesetz?"

Es war ihr zweiter Reisetag, und ihr Fieber war seit der

Nacht zurückgegangen. Harry war ihr gegenüber mehr als aufmerksam, auch wenn da eine Traurigkeit oder eine Art Wehmut in ihm war, die sie nicht begriff. Sie saß ihm gegenüber in der schaukelnden Kutsche und grübelte über seine anhaltende Schweigsamkeit.

„Es ist nicht so sehr die Tatsache, dass diesem Gesetz widersprochen wird, sondern vielmehr, dass sich niemand darum kümmert. Lord Goren hat es vorgeschlagen, doch er wird von den anderen als eine Art Sonderling betrachtet."

„Nun, du könntest darüber sprechen."

„Ich?", fragte er und sah ungläubig aus. „Nein."

„Warum nicht? Warum äußerst du dich im Parlament niemals zu irgendetwas?"

Harry runzelte die Stirn. „Woher weißt du das?"

„Maury hat es mir erzählt."

Er warf ihr einen seltsamen Blick zu.

„Ich weiß, es ist unkonventionell für eine Dame, in gemischter Gesellschaft über Politik zu sprechen, aber ich finde Politik faszinierend." Sie senkte die Wimpern und schenkte ihm ihren besten Welpenblick. „Wirst du es mir verbieten?"

Ihr flehender Ausdruck ließ ihn glucksen. „Nein, bestimmt nicht. Deine Meinung über Politik und das Parlament interessiert mich, insbesondere, wenn man bedenkt, wie lebhaft du allein über Gesellschaften, Mode und das Liebesleben der Hautevolee sprichst. Allerdings vermute ich, dass ich es dir besser verbieten sollte, wenn wir Gäste haben."

„Oh, so unkonventionell bin ich gar nicht!" Sie grinste ihn an, viel erfreuter über sein Lob, als sie es sein sollte. „Danke. Meine Mutter ist im Wochenbett gestorben, und mein Vater hat oft vergessen, dass ich ein Mädchen bin. Er hat am Dinnertisch über Geschäfte und Politik gesprochen und mich gemeinsam mit meinen Brüdern ausgebildet."

„Dein Vater", dachte Westerfield laut nach, „galt als wichtiger Mann im Parlament. Das hatte ich ganz vergessen. Es ist eine Schande, dass scheinbar du es bist, die sein Talent und sein Interesse geerbt hat, und nicht Maury."

„Du könntest auch ein wichtiger Mann im Parlament werden, wenn du dich dazu entschließen würdest", forderte sie ihn heraus. „Maury sagt, dass der Anblick deiner erhobenen Hand jedes Mal diejenigen Männer umstimmt, die sich zunächst enthalten haben oder für die andere Seite stimmen wollten, einfach, weil du für deine intelligenten, bedachten Entscheidungen bekannt bist."

„Das wage ich aufrichtig zu bezweifeln", erwiderte Harry stirnrunzelnd.

„Warum bleibst du so oft stumm, Harry? Es ist nicht aus Arroganz, wie manche behaupten."

„Bist du dir da sicher?", fragte er sarkastisch.

„Ja, ich bin mir sicher. Und es ist auch nicht aus Feigheit."

Er starrte sie an, als wäre er gleichermaßen fasziniert und beunruhigt.

„Was ist es dann?"

„Ich warte auf deine Erklärung. Du scheinst alle Antworten über mich zu haben."

Sie biss sich auf die Zunge, um ihre schneidende Retourkutsche hinunterzuschlucken, und hoffte, ihn zu einer ehrlichen Antwort bewegen zu können. Nach einem Moment der Stille fuhr er fort.

„Aus Gewohnheit, womöglich. Eine anhaltende Angewohnheit aus meiner Kindheit."

„Warst du ein Kind, das gesehen, aber nicht gehört werden sollte?"

Er warf ihr ein schiefes Grinsen zu. „Gesehen, nicht gehört, und übermäßig kritisiert für jeden Fehler."

„Und anschließend bestraft?"

Er nickte einmal und mit dem verrutschten Lächeln noch

immer auf seinen Lippen, tanzten seine Augen über ihr Gesicht, als ob er erfreut darüber wäre, dass sie ihn verstand. Dieser Ausdruck war so anderes als die distanzierte Maske, die er sonst trug, und insgeheim beglückwünschte sie sich dafür, ihn aus der Reserve gelockt zu haben.

„Gewohnheiten können gebrochen werden", sagte sie leise. „Mit mir." Ihr Herz begann, wie wild zu hämmern, und eilig fügte sie hinzu: „Und im Parlament. Das Gesetz gegen Tierquälerei könnte mit deiner Unterstützung an Fahrt gewinnen."

Die Furche zwischen seinen Brauen wurde tiefer und er blieb wie gewohnt stumm.

„Nun, ich hoffe, du denkst darüber nach", endete sie lahm.

Er antwortete nicht, nickte nicht einmal, sondern musterte sie nur ernst. Sie blickte in seine dunklen, unergründlichen Augen, und ein leichter Schauder lief über ihre Haut, als ihr wärmer wurde. Ohne zu blinzeln, starrten sie sich in die Augen, bis er den Blickkontakt abbrach, sich räusperte und belämmert fragte: „Fühlst du dich besser?"

Sie nickte und war seltsam enttäuscht. „Ja, Mylord."

Als sie schließlich an seinem Haus ankamen, war sie wieder vollkommen genesen, allerdings waren ihre Nerven ausgesprochen angespannt, wenn sie daran dachte, nun als Lady Westerfield ein neues Leben zu beginnen. Zum zweiten Mal in ihrem Leben führte Harry sie in sein Haus, und sie versuchte wahrzunehmen, was sie das letzte Mal übersehen hatte. Die Möbel waren teuer und antik – sie bezweifelte, dass er irgendetwas verändert hatte, seit er das Erbe seines Vaters angetreten hatte. Die Einrichtung war maskulin, mit Holzverkleidungen und Vorhängen in Burgunderrot und Braun.

In der Eingangshalle standen die Angestellten Spalier, und Kitty bemühte sich angestrengt, sie erhobenen Hauptes zu begrüßen. Sie hegte keinen Zweifel daran, dass jeder der hier Anwesenden genau wusste, was vorgefallen war – von der schrecklichen Nacht des Balles, in der Lord Westerfield sie hierhergebracht hatte, bis zu ihrer überstürzten Abreise nach Gretna Green. Natürlich zeigten ihre höflichen Mienen keinerlei Regung. Sie knicksten und verbeugten sich, als Harry Kitty als seine Frau vorstellte.

„Soll ich Ihnen eine Führung durch das Anwesen geben, Mylady?", fragte die Haushälterin, die ihr als Mrs. Croft vorgestellt worden war.

Suchend blickte Kitty zu Harry, der distanziert und verschlossen wirkte. „Ja, sehr gern."

Sie konnte Mrs. Crofts Neugier förmlich spüren, als sie durch das Haus gingen und die Haushälterin höflich innehielt, als Kitty stehen blieb, um in der Diele ein Porträt zu betrachten oder im Arbeitszimmer die Bücher im Regal zu begutachten. Nach der Besichtigung des Erdgeschosses führte Mrs. Croft sie in die oberen Etagen.

„Ihre Truhen wurden vorausgeschickt, und Violet, ihr Dienstmädchen, hat sie bereits ausgepackt."

Als sie allerdings im obersten Stockwerk ankamen, beobachtete Kitty, wie ihre Truhen aus Lord Westerfields Zimmer in ein kleineres, angrenzendes Zimmer getragen wurden, vermutlich auf Lord Westerfields Anweisungen hin.

Hinter den Kammerdienern kam schließlich auch Lord Westerfield aus seinen Gemächern. „Ich gehe aus", bemerkte er knapp.

HARRY FLÜCHTETE aus dem Haus und stieg zurück in die Kutsche, die er erst eine halbe Stunde zuvor so bereitwillig verlassen hatte. Er war nicht auf das Unbehagen gefasst gewesen, Kitty in sein Haus zu bringen und sie seinen Angestellten vorzustellen, die alle genau wussten, was er ihr angetan hatte.

Als er sein Zimmer betreten hatte, um sich zu waschen und umzuziehen, war die Erinnerung daran, wie Kitty vornübergebeugt auf seinem Bett ihre Bestrafung so bereitwillig, so voll aufrichtiger Reue über ihr Verhalten empfangen hatte, mit aller Gewalt über ihn hereingebrochen, und Scham hatte ihn ergriffen wie eine Infektion. Er konnte sie nicht darum bitten, in diesem Bett zu schlafen – konnte nicht verlangen, dass sie sich ihm hingab, wie sie es in jener Nacht getan hatte.

Warum hatte sie sich nicht gegen ihn gewehrt? Diese Frage hatte ihn seit dieser Nacht gequält. Seine Frau war kein verhuschtes Mäuschen – sie hatte Sinn für Gerechtigkeit und protestierte vehement, wenn sie unrecht behandelt wurde. Noch zögerte sie, das Kind beim Namen zu nennen. Und doch hatte sie ihm gestattet, ihre Ehre zu kompromittieren, hatte sich seiner Autorität mit einer Demut unterworfen, die nicht zu ihrer Persönlichkeit passte. Das war eine Eigenart, die ihren Reiz noch berauschender machte, seinen Fehler jedoch umso unverzeihlicher. Sie hatte ihm vertraut und er hatte sie im Stich gelassen.

Wie dem auch sei, er würde es wiedergutmachen. Sie war gezwungen worden, ihn zu heiraten, doch er würde sich ihr nicht erneut aufzwingen. Er würde sie mit Respekt behandeln. Er würde ihr die Dinge ermöglichen, die sie glücklich machten. Mit diesem Vorsatz gab er dem Kutscher Anweisungen, ihn zur Bond Street zu fahren, wo die modernsten Geschäfte zu finden waren. Dort richtete er bei einem angesehenen Gewandschneider, einem Schuster und einem Buchladen Konten für Kitty ein.

Anschließend fuhr er zu seinem eigentlichen Ziel weiter: Spencer's Gentleman's Club. Heute Abend brauchte er seine Zahlen.

Am nächsten Morgen traf er Kitty am Frühstückstisch an, wo sie an einer heißen Schokolade nippte.

„Guten Morgen."

„Guten Morgen." Suchend blickte sie in sein Gesicht, als ob sie eine Erklärung erwartete. Er blinzelte und wandte den Blick ab, trat ans Sideboard und bediente sich an den Frühstücksspeisen, die dort angerichtet waren.

„Hast du gegessen?"

„Nein, ich habe auf dich gewartet."

„Das ist nicht nötig", sagte er und klang kälter, als er beabsichtigt hatte. Um seinen Tonfall abzudämpfen, stellte er den Teller, den er gerade befüllt hatte, vor Kitty ab und bediente sie wie ein Lakai.

Überrascht blickte sie zu ihm auf. „Vielen Dank, Mylord."

Er befüllte einen weiteren Teller und nahm anschließend Kitty gegenüber Platz. „Ich habe in der Bond Street Konten für dich eröffnet", bot er an.

Sie zog eine feine Augenbraue hoch. „Wirklich?", fragte sie interessiert. „Wie aufmerksam. Heißt das, ich kann die Einladungskarten für unseren Ball bestellen?"

Er lächelte und genoss den Eifer, der sich in ihren Ausdruck schlich, auch wenn sie versuchte, es zu verbergen. „Ja, du kannst bestellen, was du möchtest", sagte er.

„Sieh dich vor, Lord Westerfield", warnte sie und blickte ihn verschmitzt an. „Ich bin eine der jungen Dame, die ein solches Angebot schamlos ausnutzen."

Er grinste. „Falls du zu viel ausgibst, sage ich Bescheid."

„Wäre es nicht besser, mir ein Limit zu setzen? Denn ich bin mir nicht sicher, ob du jemand bist, der überhaupt viel vorschreibt, und in meiner Erfahrung beißt du, bevor du bellst."

Von ihrer zielgenauen Einschätzung über seine schlimmsten Charakterschwächen aus der Fassung gebracht, erhob er sich abrupt.

„Ich werde dir Bescheid sagen, wenn es zu viel ist", sagte er knapp, und ihre Wangen wurden rot, was ihn nur noch mürrischer machte, weil er sie offensichtlich verletzt hatte. „Ich werde nicht zum Dinner nach Hause kommen", erklärte er kurz angebunden und verließ das Zimmer. In der Tür drehte er sich noch einmal zu ihr herum. „Die Kutsche steht dir jederzeit zur Verfügung."

Als er sich umdrehte, wünschte er, er hätte den verlorenen Blick in ihren Augen nicht gesehen.

Westerfield ging ihr in den nächsten Tagen weiterhin aus dem Weg. Er verbrachte Stunden im Parlament, und in seiner Pause dinierte oder spielte er mit den anderen Lords. Am vierten Morgen nach ihrer Rückkehr aus Schottland durchbohrte Kitty ihn über den Frühstückstisch hinweg mit einem berechnenden Blick.

„Ich habe Lord und Lady Goren und die St. Johns heute Abend zum Dinner eingeladen."

Harry starrte sie an und seine Gedanken überschlugen sich, während er versuchte, mit ihren Machenschaften Schritt zu halten.

Sie hatte ein politisches Dinner geplant und die wichtigsten Strippenzieher im Kampf um das Gesetz gegen Tierquälerei zu ihnen nach Hause eingeladen.

Bei dieser Manipulation braute sich Zorn in ihm zusammen. „Du hast *was?*", fauchte er.

Sie zog herausfordernd eine Augenbraue hoch und legte ihre Gabel auf dem Tellerrand ab. Ihre schlanken Schultern hoben sich zu einem Achselzucken. „Ich dachte, es wäre eine gute Gelegenheit für dich, dich mehr einzubringen."

„Mich mehr einzubringen?", wiederholte er und wurde lauter.

Kitty warf ihm einen gespielt unschuldigen Blick zu. „Du weißt schon, zum politischen Anführer zu werden, der du sein willst."

Das Blut rauschte so laut in seinen Ohren, dass es alle anderen Geräusche ausblendete. „Ich will kein politischer

Anführer werden!", stotterte er und schlug mit der flachen Hand auf den Esstisch. „*Du* willst es." Offensichtlich erachtete sie ihn als unzulänglichen Partner, und diese implizierte Kritik brannte. „Und ich will nicht, dass du dich jemals wieder einmischst ..."

Ein Dienstmädchen betrat den Raum, um die Teller abräumen, und er schluckte den Rest seines Satzes hinunter. Kittys Ausdruck war weiterhin freundlich, auch wenn das Pink auf ihren Wangen ihre Scham darüber verriet, vor einer Angestellten ausgescholten zu werden. Dennoch sah sie nicht aus, als hätte er sie zur Einsicht gebracht. Als das Zimmermädchen den Raum verlassen hatte, warf er Kitty einen finsteren Blick zu. „Komm her, Kitty."

Sein Befehl beunruhigte sie. Alle Zuversicht wich aus ihrem Ausdruck und sie stand zögernd da, während er seinen Stuhl vom Tisch zurückschob. Schließlich durchquerte sie das Zimmer, trat vor und schluckte angestrengt, als er sie mit einem weiteren, strafenden Blick bedachte.

„Sprich niemals wieder Einladungen zum Dinner aus, ohne mich um Erlaubnis zu fragen."

Ein Muskel in ihrem Gesicht zuckte, auch wenn sie alle Emotionen versteckte. „Ja, Mylord", sagte sie kühl.

„Ich lasse mich nicht zum Spielball deiner Manipulationen machen. Erinnerst du dich, wie schlimm dein letztes Spielchen geendet ist?"

Wieder wurden ihre Wangen rot und ihre Lippen zuckte, als sie daran zurückdachte. Harry wartete ab, doch sie entschuldigte sich nicht.

„Geh und schließ die Tür ab."

Ihr Mund verzog sich kurz, dann sammelte sie sich wieder. Warnend zog er eine Augenbraue hoch und Kitty drehte sich gehorsam um, schloss die Tür ab und lehnte sich dagegen, die Hände hinter ihrem Rücken verschränkt.

„Komm her, Kitty."

„Vielleicht solltest du abwarten, wie die Dinnerparty verläuft? Womöglich gefällt es dir sogar."

Sein Ärger begann, sich zu verflüchtigen – sie war wirklich hinreißend – doch sein Gesicht war ausdruckslos. „Der Zweck heiligt nicht die Mittel. Und jetzt komm her."

Erneut trat sie auf ihn zu. Er klopfte auf sein Knie. Ihre Augen blickten flehend, doch als er die Stirn runzelte, beeilte sie sich, ihren Körper über seinen Schoß zu falten, um ihre Bestrafung zu empfangen. Westerfield schob ihre Röcke und Unterröcke ihren Rücken hinauf, dann fiel ihm ein, die Schnüre des Korsetts zu lösen, damit sie nicht wieder in Ohnmacht fiel. Der Schlitz in ihrer Unterhose stand offen, sodass er die beiden Seiten unschwer aufziehen und ihre hübschen Backen entblößen konnte.

Es war unbeschreiblich berauschend, seine Frau so über seinem Schoß liegen zu haben. Das Gefühl ihres zierlichen Körpers, der sich gegen seine Beine presste und ihre intimsten Stellen für seine Bestrafung entblößt, löste eine schwindelerregende Mischung aus Macht und Lust in ihm aus.

Seine Hand landete auf ihrem kecken Hintern. Kitty zuckte zusammen und rückte ihre Hüfte zurecht. Er schlug auf jede ihrer Backen, wechselte zwischen beiden Seiten ab und genoss den Anblick, wenn die runden Kugeln unter seiner Hand zunächst flach wurden, dann prall zurückfederten. Die offen stehende Unterhose lieferte ein perfektes Fenster für sein Ziel. Kitty wand sich, trat hin und wieder um sich, keuchte und fauchte, während er ihre cremeweiße Haut zum Brennen brachte.

„In Ordnung!", schrie sie.

„In Ordnung?"

„Halt! Genug!"

Er unterdrückte ein Lachen, zog den Schlüpfer zu und hob Kitty hoch, damit sie sich auf seinen Schoß setzen

konnte. „Entscheidest du, wann das Spanking zu Ende ist?",
fragte er.

Sie senkte den Blick. „Nein, Mylord." Doch prompt flogen
ihre Wimpern wieder auf. „Ist es vorbei?", fragte sie hoff-
nungsvoll.

Um ein Haar lächelte er. „Ich weiß nicht, ist es vorbei?
Was hast du gelernt?"

„Ich habe gelernt, niemals ohne deine Erlaubnis Einladungen zum Dinner auszusprechen", antwortete sie und
klang dabei wie ein Schulkind, das eine auswendig gelernte
Lektion aufsagte.

„Ja", erwiderte er langsam. „Aber ist das der Grund,
weshalb ich dir den Hintern versohle?"

Schmollend streckte sie die Unterlippe vor. „Ja!"

Er schüttelte den Kopf. „Nein. Nein, das ist er nicht. Ich
habe dir den Hintern versohlt, weil du mich manipulieren
wolltest, Kitty", erklärte er. Jede Spur von Belustigung war
aus seinem Ausdruck gewichen. „Es war nicht die Tatsache,
dass du Gäste eingeladen hast, es war die Tatsache, dass du
mich zu etwas bewegen wolltest, was du dir wünschst und
mir zutiefst widerstrebt."

Etwas ihrer Lebhaftigkeit wich aus ihrem Auftreten, und
er wusste, dass sie ihn verstanden hatte.

„Gib mir deinen Hausschuh."

Sie riss die Augen auf und schnappte nach Luft, gehorchte
ihm jedoch. Als sie ihm den kleinen Lederslipper anreichte,
hob er sie von seinem Schoß und brachte sie zurück in Position. Es lag etwas Liebliches in der Art und Weise, wie sie
diesmal ihre Position einnahm. Er hatte sich ihre Unterwerfung verdient. Harry hob ihre Röcke an, glitt mit der Hand
über ihre Unterhose und suchte nach dem Schlitz. Dann zog
er die beiden Seite erneut auf und sein Blick fiel auf Kittys
geröteten Backen. Er musste der Versuchung widerstehen,
mit dem Finger durch ihre Ritze zu fahren.

„Es tut mir leid", quiekte sie.

„Entschuldigung angenommen", sagte er, zog die Finger um den biegsamen Lederslipper zusammen und knallte ihn über ihre Backen. Ihr Hintern spannte sich an. Etwa ein Dutzend Mal ließ Harry den Slipper auf ihre Backen niedergehen, dann hielt er inne, damit sie zu Atem kommen konnte. Sie keuchte, hatte jedoch bisher kaum mehr als ein Wimmern ausgestoßen. Mit der Hand glitt er über ihre brennenden Backen und spürte die Hitze, die er heraufbeschworen hatte. Einmal mehr öffnete er den Schlitz ihrer Hose so weit wie möglich und fuhr mit seinem Spanking fort. Der Slipper löste mit jedem Hieb auf ihren zuckenden Hintern ein befriedigendes Klatschen aus. Harry verpasste ihr ein weiteres Dutzend Hiebe, dann ein drittes Dutzend, bis ihr Winden und Wimmern immer lebhafter wurden und sich ihr Hintern von einem zarten Pink in tiefes Rot verfärbt hatte.

HARRY ZOG ihre Unterhose zu und half Kitty auf, bis sie aufrecht auf seinem Knie saß. Sie bedeckte ihr Gesicht mit beiden Händen, ihr Körper zitterte und ihre Brust hob und senkte sich heftig. Entschlossen, stoisch zu bleiben, hatte sie es geschafft, nicht aufzuschreien, als er ihr den Hintern versohlt hatte, doch nun, während sie sich abmühte, die vielmehr aufgrund ihrer Scham als durch die Schmerzen drohenden Tränen zurückzudrängen, wollte sie nicht, dass er ihr Gesicht sah. Voller Unbehagen rutschte sie auf seinem Knie herum, denn ihr Hintern brannte so sehr, dass sie sich viel lieber winden und an seinem Schoß reiben wollte, als stillzusitzen. Harry schlang seinen Arm um ihre Taille und hielt sie fest. Es lag eine Stärke und eine Ruhe in seiner Umarmung, die half, ihre Demütigung zu lindern.

„Ich hasse Dinnerpartys", gestand er ihrem versteckten Gesicht leise.

Sie schaffte es noch immer nicht, ihre Hände sinken zu lassen.

„Das ist die Art von geselliger Zusammenkunft, die mir am verhasstesten ist. Du kennst mich, Kitty – ich rede nicht gern! Ich kann keine beiläufigen Gespräche führen oder unbehagliches Schweigen füllen. Und ich spreche nie über Politik!"

Geschlagen ließ sie das Kinn auf die Brust sinken und ihre Schultern hängen. Sie fing an, sich die Augen zu wischen, brauchte jedoch weiterhin die Sicherheit ihrer Hände, um sich dahinter zu verstecken.

„Du hast mich absichtlich in eine Ecke gedrängt, um meine Unterstützung für dieses verflixte Gesetz gegen Tierquälerei zu zeigen, und dazu hattest du kein Recht."

Ihre Hände fielen in ihren Schoß. „Es tut mir leid, Harry", sagte sie schwer.

Er nahm ihr Gesicht in die Hände und drehte es so, dass sie ihn anschauen musste. Es fiel ihr schwer, den Blick zu heben und ihm in die Augen zu sehen, doch sie erkannte keinen Zorn in seinem Ausdruck, nur feierlichen Ernst. „Was hättest du getan, wenn ich mich schlichtweg geweigert hätte, zum Dinner zu erscheinen?"

Sie wurde sehr still. „Aber du wirst erscheinen, oder etwa nicht?", wisperte sie.

„Ja", seufzte er. „Ich werde da sein. Aber bringe mich bitte nie wieder in eine solche Situation."

„Werde ich nicht. Versprochen."

Seine Augen tanzten voller Wärme und er zog ihr Gesicht an seins, um ihre Wange zu küssen. „Vielen Dank." Er gab ihr ihren Slipper zurück und stupste sie an, damit sie sich hinstellte, während er direkt in ihrem Rücken stand. Sie rieb sich den schmerzenden Hintern und rückte ihre Unterhose zurecht, wobei sie ein wortloses Gebet ausstieß, dass er sie nicht komplett heruntergezogen hatte, denn sie hatte ihre monatliche Blutung und wäre zutiefst beschämt gewesen, hätte Harry die Binden gesehen. Sie blickte ihm hinterher, als er das Zimmer verließ, und vermisste bereits das Gefühl seiner starken Arme um ihren Körper.

Als die Abendstunden anbrachen, zog sie ein zimtfarbenes Kleid mit tiefem Ausschnitt und schmaler Taille an. Die Farbe des Kleids unterstrich die roten Strähnen ihrer Haare und die Farbe der Rubinkette, die Harry ihr geschenkt hatte, und die in der Vertiefung zwischen ihren Brüsten ruhte. Mittlerweile hatte sie auch den Ring anpassen lassen und trug ihn heute Abend zum ersten Mal.

„Du siehst entzückend aus", bemerkte Westerfield, als sie die Treppe nach unten kam. Mit einer Geste der Zuneigung, die ihre Nervosität linderte, schlang er seinen Arm um ihre Taille. Seit dem Spanking war sie in seiner Nähe nervös und wollte unbedingt, dass der Abend angenehm für ihn verlief.

Es klopfte an der Eingangstür, und der Butler führte Lord und Lady Goren herein. Lord Goren war ein kleiner, stämmiger Mann, der an einen wohlgesonnenen Frosch erinnerte. Seine Frau war groß und schlank, hatte die Haare in einen strengen Dutt gebunden und einen verbogenen, dicken Zwicker auf der Nase. Ohne darauf zu warten, offiziell vorgestellt zu werden, knickste Kitty und stellte sich Lady Goren vor.

„Lady Westerfield, welche Freude, Sie kennenzulernen."

„Nennen Sie mich Kitty", erwiderte Kitty. „Ich habe mich noch nicht an meinen neuen Titel gewöhnt."

„Ja, das war ein eher plötzliches Ereignis, oder etwa nicht? Alle sprechen über die Westerfield-Affäre."

Kitty spürte, wie sich Harry bei Lady Gorens Kommentar merklich versteifte, doch sie erlangte umgehend die Fassung zurück und antwortete leichthin: „Nun ja, ich fürchte, ich war recht ungestüm – ich konnte es einfach nicht erwarten, endlich Lady Westerfield zu sein. Zum Glück hat sich mein Ehemann erweichen lassen." Sie lächelte zu ihm auf, klimperte mit den Wimpern und zwinkerte ihm zu.

Die St. Johns trafen ein und wurden ebenfalls ins Zimmer geführt. Kitty wusste, dass Thomas St. John ein Freund von Harry aus Eton und Cambridge war, der mittlerweile selbst an der Universität dozierte. Seine Frau wirkte schrecklich schüchtern, biss sich beim Knicksen auf die Unterlippe, senkte die Augen und schien bei der auf sie gerichteten Aufmerksamkeit regelrecht in sich zu versinken. Kitty ignorierte ihre Scheu, griff nach Mrs. St. Johns Hand, als ob sie alte Freundinnen wären, und führte sie in den Salon. „Ich freue mich sehr, Ihre Bekanntschaft zu machen – ich weiß, dass mein Mann ein alter Freund von Mr. St. John ist."

Ohne den Blick von ihrem Mann abzuwenden, um den Grad seines Unwohlseins zu erörtern, hielt sie den Fluss der Unterhaltung aufrecht. Kaum kam das Gespräch ins Stocken, erhob sie sich und verkündete, dass es Zeit für das Abendessen sei. Kitty musste feststellen, dass zum Gastgeberinnen-Sein dieselben Fähigkeiten gehörten, die sie bereits als Mauerblümchen auf den Bällen kultiviert hatte – eine scharfe Beobachtungsgabe und Intuition für die Charaktere in ihrer Gesellschaft – doch anstatt sich lediglich zurückzulehnen und Kommentare zu liefern, musste sie diese Persönlichkeiten nun alle unter einen Hut bringen.

So kam sie zu dem Schluss, dass Lady Goren die Intelligenz hinter ihrem eher hohlen Mann war, und dass Mrs. St. John glaubte, allen anderen dieser Runde unterlegen zu sein. Kitty verwickelte beide Frauen in eine aufgeweckte Unterhaltung mit den Männern, bei der es um St. Johns jüngsten Forschungen ging. Lord Goren musste nicht überzeugt werden – er schien bereits auf ihrer Seite zu stehen, was sie dazu verleitete, nervöse Blicke in Richtung ihres Mannes zu werfen, dessen Ausdruck sie nur schwer lesen konnte.

Obwohl sie nervös war, unterhielt sie die Gesellschaft so gut sie konnte, und als sich der Abend schließlich dem Ende zuneigte, lachten die Gäste miteinander und unterhielten sich angeregt. Gemeinsam mit Harry brachte Kitty sie zur Tür und wünschten ihnen eine gute Nacht. Nachdem die Tür ins Schloss gefallen war, drehte sich Kitty zu ihrem Mann um.

„War es unerträglich?"

Er lächelte und dieselbe Wärme, die sie bereits heute Morgen nach dem Spanking in seinen Augen erblickt hatte, war auch nun wieder in seinem Blick zu erkennen. „Nein, Kätzchen", erwiderte er, lehnte sich zu ihr und küsste sie auf die Wange. „Du warst ganz wundervoll."

Bei seinem Lob erstrahlte sie regelrecht und hob in der Hoffnung auf weitere Küsse ihr Gesicht, nur um enttäuscht zu werden, als er ihr eine gute Nacht wünschte und sich allein in sein Arbeitszimmer zurückzog.

SEINE LADY WESTERFIELD war prachtvoll gewesen. Sie hatte die Dinnerparty mit einer solchen Leichtigkeit und Anmut gelenkt, dass die Gäste ihr beim Aufbrechen förmlich aus der Hand gefressen hatten. Er goss sich ein Glas Brandy ein und ließ sich auf das Ledersofa in seinem Arbeitszimmer sinken. Die Bewunderung für seine Frau floss warm durch seine Adern.

Ohne ein Klopfen ging die Tür auf und Kitty kam herein. Er zuckte zusammen, als sie sich zu seinen Füßen hinkniete. „Bist du noch immer wütend auf mich?", fragte sie leise. Das flackernde Feuer brachte die goldenen Sprenkel ihrer Augen und die roten Strähnen ihrer Haare zum Schimmern. In ihrem braunen Kleid, mit den angehobenen Brüsten und dem tiefen Ausschnitt, sah sie wunderschön aus.

Langsam schüttelte er den Kopf. „Ich war überhaupt nicht wütend."

Verwirrt zog sie die Augenbrauen zusammen.

Harry musste grinsen. „Habe ich wieder gebissen, bevor ich gebellt habe?"

Sie lächelte reumütig. „Nein, nicht wirklich. Kannst du mir verzeihen?"

Er legte seine große Hand auf ihre Wange und streichelte ihre seidige, zarte Haut mit seiner Daumenkuppe. „Das habe ich längst. Versprichst du mir, nicht wieder deine Spielchen mit mir zu treiben?"

Kitty erhob sich auf die Knie, beugte sich vor und legte ihre Hände auf seine Oberschenkel. „Ich verspreche es", erklärte sie leise und mit honigsüßer Stimme.

Ihre Unterwerfung und ihr offensichtliches Verlangen, ihn zufriedenzustellen, erregte ihn, und er streckte die Hand nach ihrer Taille aus und zog sie auf seinen Schoß. „Braves Mädchen", murmelte er. Seine Stimme klang leise und heiser. Als sie Platz genommen hatte, glitt er mit der Fingerspitze federleicht über ihr Schlüsselbein, und sie erschauderte. Nervös fingerte sie an der Halskette herum, und auch Harry berührte die Kette, dann wanderte seine Hand vom untersten Anhänger hinunter zwischen ihre Brüste. Er glitt mit dem Finger am inneren Rand ihres Mieders entlang, bis er an einem ihrer Nippel ankam, den er neckte, indem er über die steife Knospe rieb.

Keuchend atmete Kitty ein und ihr Luftholen drängte ihre Brust gegen Harrys Finger. Er befreite ihre Brust aus ihrem engen Gefängnis, hob sie an, drückte sie und ließ schließlich seine Zunge darübergleiten.

Wieder schnappte Kitty nach Luft und wand sich auf seinem Schoß. Mit der Zungenspitze umkreiste er ihren

Nippel, dann nahm er ihn ganz in den Mund und lutschte daran. Kitty bog den Rücken durch und bot sich ihm an, damit er sie weiter erforschte. Ermutigt befreite Harry auch die zweite Brust, kniff den Nippel zwischen Daumen und Zeigefinger zusammen und zog daran, während er weiter am anderen Nippel lutschte. Kitty hielt sich an seinen Schultern fest, ließ den Kopf in den Nacken fallen und schloss die Augen.

Seine Hand sank zu ihrem Bein und er streichelte über ihre Wade, dann hinauf zu ihrem Oberschenkel, während er dabei ihren Rock hochschob. Kitty erstarrte, dann griff sie nach seinem Handgelenk und hielt es fest, gerade, als er bei ihrer Mitte angelangt war. „Harry …", stieß sie atemlos hervor. „Ich kann nicht."

Auch er erstarrte augenblicklich und zog in der nächsten Sekunde seine Hand aus ihrem Kleid, schob sie auf die Füße und stand ebenfalls auf. Natürlich wollte sie das nicht – nicht mit ihm, nachdem er sie das erste Mal so verletzt hatte. Sie hatte ihn geheiratet, weil sie musste, nicht, weil sie aus irgendeinem anderen Grund seine Frau sein wollte.

Unbeholfen zerrte sie ihr Korsett und das Mieder zurück über ihre Brüste. „Entschuldige", sagte sie. „Es ist nur so, dass ich meine Tage habe …"

Er wollte allein sein, sich zurückziehen und seinen Kopf gerade rücken. Harry legte seine Hand auf Kittys unteren Rücken, führte sie zügig aus dem Arbeitszimmer und den Korridor hinunter. „Du musst dich nicht entschuldigen", schaffte er, steif zu sagen. Sie warf ihm einen Blick über die Schulter zu, doch er beschleunigte seinen Schritt und lenkte sie die Treppe hinauf, wo er die Tür zu ihrem Zimmer öffnete und sie regelrecht hineinschubste.

„Gute Nacht, Kitty."

Sie drehte sich zu ihm herum und blickte ihn voller Sorge

an. „Bitte entschuldige", sagte sie erneut, aber er zog bereits die Tür zu.

Harry schickte seinen Kammerdiener fort und zog sich aus. Die Mischung aus Scham und Erregung, die er empfand, machte ihn missmutig. Er griff nach seinem Schaft und rieb ihn mit wütenden, strafenden Bewegungen.

Hatte Kitty tatsächlich ihre monatliche Blutung? Oder war das nur eine Ausrede, um seinen sexuellen Avancen zu entkommen? Er konnte es ihr nicht zum Vorwurf machen, dass sie Angst hatte. Immerhin hatte sie nach ihrer Hochzeit zugegeben, erleichtert darüber zu sein, die Ehe nicht vollziehen zu müssen. Er biss die Zähne zusammen und fuhr fort, mit ungezügelter Geschwindigkeit seine Erektion zu reiben und die Finger enger um seinen Schwanz zusammenzuziehen. Er dachte an Kitty, wie sie mit entblößten Brüsten auf seinem Schoß saß und sich ihm entgegenhob. Beinahe augenblicklich kam er zum Höhepunkt, der seine Laune jedoch kaum verbessern konnte.

Harry marschierte zum Bett, legte sich splitternackt auf den Rücken und starrte hinauf an die Decke, bis er einschlief.

SECHSTES KAPITEL

*N*ach einer weiteren Woche, in der Harry jeden Abend in der St. James Street verbracht hatte, wurde Kitty ungehalten. „Ich verstehe es nicht, Wynn", beschwerte sie sich bei ihrer Freundin. „Als wir frisch verlobt waren, hat er mir unmissverständlich zu verstehen gegeben, dass er mich in seinem Bett will. Doch jetzt fasst er mich einfach nicht an. Ich bin mir nicht sicher, ob er das Interesse verloren hat oder glaubt, ich wollte ihn nicht. Oder ob es einen völlig anderen Grund gibt, den ich nicht begreifen kann."

Wynn kicherte mitfühlend. „Nun ja, hast du schon versucht, ihn zu verführen?"

„Nicht direkt, nein, aber ich bin immerhin so weit gegangen, gestern Abend in meinem Nachthemd in sein Schlafzimmer zu kommen", gestand Kitty.

Wynn prustete. „Und was ist dann passiert?"

„Zuerst dachte ich, es würde funktionieren", erklärte Kitty und erinnerte sich an die Begegnung. Sie hatte die Tür sanft hinter sich ins Schloss gedrückt und sich dagegen gelehnt. Harry hatte das Zimmer durchquert und vor ihr gestanden, so nah, dass sie die Seife auf seiner Haut hatte riechen können. „Harry", hatte sie mit heiserer Stimme begonnen.

„Ja?" Er war noch näher auf sie zugetreten und hatte sie gegen die Tür gedrängt.

„Ich habe mich gefragt ... begreifst du unserer Ehe als ...", sie hatte geschluckt. „Vollzogen?" Beim letzten Wort hatte ihre Stimme gezittert.

Er hatte seinen Körper gegen ihren gelehnt, seinen langen Oberschenkel zwischen ihre Beine gepresst und seine Hand in ihren Nacken gelegt. Dann hatte er den Mund zu ihrem Ohr gesenkt. „Hältst du sie für vollzogen?", hatte er gewispert, und sie hatte spüren können, wie sein Schwanz gegen seine Hose gedrängt und gegen ihren Bauch gestupst hatte.

„Ich weiß nicht. Zählt es, wenn es in der falschen Reihenfolge passiert?"

Harry hatte geblinzelt, als hätte er ihr erstes Mal bis zu diesem Moment verdrängt, und sich dann abrupt von ihr gelöst, hatte ihr den Rücken zugewandt und war an sein Waschbassin getreten, wo er sich kaltes Wasser ins Gesicht gespritzt hatte.

„Geh ins Bett, Kitty", hatte er heiser hervorgestoßen.

Sie hatte sich nicht von der Stelle gerührt, hatte auf eine Erklärung oder irgendetwas anderes, doch Harry hatte sich nicht wieder herumgedreht. Schließlich hatte sie aufgegeben und war gegangen.

„Und?", forderte Wynn sie nun auf und riss Kitty zurück in die Gegenwart.

„Es war seltsam. Zuerst dachte ich, ich wäre erfolgreich – er hat sich über mich gebeugt, als wollte er mich küssen, doch dann hat er sich urplötzlich abgewandt und mir gesagt, ich solle ins Bett gehen."

„Vielleicht sollten wir Teddy fragen. Er kann uns womöglich erklären, was einem Mann durch den Kopf geht."

„Ja, das könnte helfen. Manchmal befürchte ich ..." Sie verstummte. Sie konnte die schreckliche Befürchtung, die sie hegte, nicht ausdrücken, nicht einmal vor Wynn. Nämlich, dass Harry ihre Verlobung nach jener Nacht hatte lösen wollen, weil er sie so abstoßend fand, dass er sie nicht länger zur Frau nehmen wollte. Diese Sorge lag ihr schwer im Magen.

„Was befürchtest du?"

Sie zuckte mit den Schultern. „Ich weiß nicht ... ich habe einfach Angst, dass er mich nicht zur Frau haben will."

Das Mitgefühl in Wynns Augen war unerträglich.

„Schon gut", erwiderte Kitty eilig. „Wie geht es dir?", fragte sie und wechselte das Thema. „Hat dir mittlerweile jemand den Hof gemacht?"

Am nächsten Morgen startete Kitty am Frühstückstisch einen weiteren Versuch, Harry zum Abendessen zu Hause festzuhalten. „Mylord, darf ich Freunde zum Dinner einladen?"

„Wen, Kätzchen?"

Aus irgendeinem Grund schmerzte dieser Kosename. Immerhin lebten sie praktisch wie Fremde unter einem Dach. „Wynn. Und Teddy."

Als er Teddys Namen hörte, den sie sehr beiläufig hinterhergeschoben hatte, riss Harry den Kopf hoch. „Nein."

„Aber Harry ..."

„Ich habe nein gesagt."

„Aber Wynn ist meine beste Freundin, Harry, und ich sehe sie kaum noch ..." Als sie seine hochgezogenen Augenbrauen bemerkte, verstummte sie.

„Du hast ihr in der letzten Woche wiederholt Besuche abgestattet", korrigierte er und überraschte sie mit seinem Wissen über ihre Ausflüge. „Ist es Wynn, die du sehen möchtest, oder ihren Bruder?"

Kitty stieß die Luft aus. „Ich dachte, du würdest mir glauben, dass kein Verhältnis zwischen mir und Teddy besteht?"

„Das tue ich auch. Das heißt aber nicht, dass ich den Mann in meinem Haus sehen möchte. Es ist irritierend genug für mich, ihn jeden Tag im House of Lords sehen zu müssen."

„Du solltest wissen, dass ich ihn zu unserem Hochzeitsempfang eingeladen habe."

„Ich erinnere mich."

„Nun, inwiefern ist das etwas anderes?"

„Das ist es einfach, und das weißt du auch! Und jetzt Schluss. Ich möchte kein Wort mehr davon hören, Kitty, oder ich lege dich über mein Knie."

Kittys Magen flatterte und kurz blitzte Hitze zwischen ihren Beinen auf. Ob es die Folge seiner Eifersucht war oder seine Bereitschaft, sie zu züchtigen, konnte sie nicht mit Sicherheit sagen. Doch seine Eifersucht war eindeutig eine willkommene Bestätigung.

Harry erhob sich vom Tisch. „Ich werde heute Abend erst spät nach Hause kommen", erklärte er.

„Aber es ist Freitag!", protestierte Kitty.

„Ich muss zu einer Besprechung", erwiderte er knapp.

Sie bekam den unmissverständlichen Eindruck, dass er sie anlog. Als sie beobachtete, wie er das Zimmer verließ, kochte erneut all der Groll in ihr auf, den sie ihm gegenüber empfand. Sie nahm es ihm übel, dass er sie als Braut gekauft hatte, nahm es ihm übel, dass er dazu beigetragen hatte, ihren Ruf zu ruinieren, dass er versucht hatte, die Verlobung anschließend zu lösen, und dass er sie jetzt wie Luft behandelte. Sie hasste ihn dafür, sie hier im Haus sitzen zu lassen, allein, Abend für Abend, für immer eingeschlossen in den Mauern seines Zuhauses. Zum hundertsten Mal fragte sie sich, *warum* er bloß gewollt hatte, dass sie seine Frau wird.

Nun, wenn er nur eine Ehe auf dem Papier wollte, dann

würde sie ihm diesen Gefallen gern tun. Sie würde zurück auf das Anwesen ihrer Familie in Penrock ziehen, damit er ihr Gesicht nicht länger ertragen musste.

Mit diesem festen Entschluss ließ sie die Kutsche rufen und bat ihre Kammerdienerin Violet, ihre Truhe für die bevorstehende Abreise zu packen. Aufgewühlt lief sie im Zimmer auf und ab und setzte sich schließlich an ihren Sekretär, um eine Nachricht an Harry zu verfassen:

MYLORD,

Wie mir scheint, wären wir besser beraten, getrennte Wege zu gehen. Ich werde in Penrock verweilen, bis ...

SIE HIELT INNE. Bis wann? Bis zu ihrem Empfang? Oder sollte sie diesen Ball absagen? Wieder griff Kitty nach dem Federkiel.

ICH WERDE ~~IN PENROCK VERWEILEN, bis~~ *auf unbestimmte Zeit in Penrock verweilen. Bitte informiere mich über deine Absichten hinsichtlich unseres Empfangs.*

-- Kitty

ES KAM IHR TÖRICHT VOR, den Ball überhaupt zu erwähnen, doch auch wenn ihre Ehe nur auf dem Papier bestand, war dieser Empfang notwendig, um ihre Ehre wiederherzustellen. Sie mochte vielleicht bereit sein, ihr Eheleben aufzugeben, doch der Gesellschaft als Ganzes wollte sie ungern den Rücken kehren. Sie übergab ihre Nachricht dem Butler, der respektvoll protestierte, dass Lord Westerfield es gar nicht gern sehen würde, wenn Kitty allein verreiste.

„Violet wird mich begleiten. Wenn er es nicht gern sieht, dann kann er uns ja hinterherreisen und mich einsammeln", wagte sie zu erwidern, und ihr wurde plötzlich bewusst, dass das genau die Folge war, auf die sie insgeheim hoffte.

Die Kutsche fuhr vor und sie und Violet reisten ab. Die Fahrt dauerte beinahe den ganzen Tag. Kitty verbrachte die Zeit damit, sich vorzustellen, welche Freude es ihr bereiten würde, ihr altes Zuhause wiederzusehen und Zeit mit ihrem Bruder, ihrer Schwägerin und den beiden Kindern zu verbringen. Doch als sie schließlich eintrafen, brach das leise Nagen des Zweifels über ihre Entscheidung mit aller Gewalt hervor.

Mrs. Baker, die Haushälterin, kam zur Kutsche und begrüßte sie.

„Miss Kitty! Ich meine, Lady Westerfield, oder nicht? Wir haben von Ihrer Verlobung gehört, nun, und von Ihrer Heirat", fügte Mrs. Baker eilig hinzu, und die Scham über ihre überstürzte Hochzeit trieb Kitty die Röte ins Gesicht.

„Ähm, ja."

Mrs. Baker reckte den Kopf und blickte über Kittys Schulter. „Wo ist Lord Westerfield?"

„Er ist nicht mitgekommen."

„Oh, ich verstehe", sagte Mrs. Baker mit so viel Mitgefühl, dass Kitty augenblicklich protestierte.

„Oh, es ist alles in bester Ordnung", erklärte sie heiter. „Ich habe mich nur so danach gesehnt, Frankie und John zu sehen! Wie geht es meinen Neffen?"

Mrs. Baker zog die Augenbrauen zusammen. „Nun, sie sind mit ihren Eltern zu Mrs. Stanleys Familie in Yorkshire gereist, wussten Sie das nicht?"

Kittys Herz sank, doch sie bemühte sich, weiterhin heiter dreinzuschauen, womit sie Mrs. Baker jedoch für keine Sekunde hinters Licht führen konnte. Mrs. Baker tätschelte ihre Hand. „Keine Sorge, meine Liebe. Wir werden uns hervorragend um Sie kümmern, bis die Familie zurückkehrt. Ein Besuch zu Hause scheint jetzt genau das Richtige für Sie zu sein."

Tränen traten in Kittys Augen und sie blinzelte sie eilig zurück. Sie kam sich lächerlich vor. Mrs. Bakers Mitgefühl war überflüssig. Was war denn so schrecklich gewesen, dass sie weglaufen musste? Nun ließ sie es so aussehen, als ob Harry der unerträglichste Ehemann überhaupt wäre – ein Mann, den sie fürchtete oder gar hasste – oder als ob sie irgendeinen anderen, entsetzlichen Grund gehabt hätte, um zu flüchten. Sie folgte Mrs. Baker ins Haus und saß mit einem Wackerstein im Magen in ihrem alten Kinderzimmer.

Was machte sie denn tatsächlich hier?

Wenn sie ehrlich mit sich selbst wäre, müsste sie zugeben, dass sie Harry bestrafen oder zum Handeln bewegen wollte. Und diese Erkenntnis gab ihr das Gefühl, so klein wie das Kind zu sein, das früher einmal in diesem Zimmer gewohnt hatte.

Hier wollte sie eigentlich gar nicht sein, vor allem nicht so – eine beschämte Ehefrau, die davongelaufen war. Sie hatte einen schrecklichen Fehler begangen. Das Beste, worauf sie nun hoffen konnte – das Einzige, worauf sie nun hoffen konnte – war es, dass Harry sie suchen kommen würde. Doch sie hegte keinen Zweifel, dass sie, sollte es dazu kommen, eine seiner Strafen zu spüren bekommen würde. Ihr lief ein Schauder den Rücken hinunter.

Ihre Freude darüber, wieder zu Hause zu sein, wurde von der wachsenden Nervosität über die Lage, die sie über sich selbst hereingebracht hatte, überschattet. Sie aß ein leichtes Abendessen und ging früh zu Bett, machte allerdings kaum ein Auge zu. Am Morgen frühstückte sie und versuchte anschließend, ein wenig in einem Buch zu lesen.

Das Geräusch einer Kutsche, die auf den Hof fuhr, ließ sie zusammenzucken und zum Fenster eilen. Die langen Beine ihres Mannes, die aus der Kutsche stiegen, waren unverwechselbar. Gleichermaßen erschrocken und aufgeregt eilte Kitty in das Wohnzimmer und wies Baker, den Butler, an, Lord Westerfield hereinzubitten, sobald er das Haus betrat.

Die Zeit schien stillzustehen, und doch verstrichen nur wenige Minuten, bevor Baker an die Tür klopfte.

„Lord Westerfield, Mylady", kündigte er Harry mit mehr Förmlichkeit an, als für Penrock normalerweise üblich war.

Kitty erhob sich und versuchte inständig, nicht die Hände zu ringen. Harrys Augen brannten förmlich vor Zorn und sein Gesicht war blass und wie versteinert. „Mylord", sagte Kitty leise.

„Äh, Mylady?" Zögernd blieb Baker in der Tür stehen. „Ich will nicht stören, nur – in welches Zimmer soll ich Lord Westerfields Reisekoffer bringen?"

Harrys fragender Blick bohrte sich in sie und sie wusste, dass die Zeit für Spielchen vorbei war. „In mein Zimmer, Baker. Vielen Dank."

Harry drückte die Tür hinter Baker zu und schloss ab. „Was hat das zu bedeuten?", verlangte er und wedelte mit ihrem Brief vor ihrem Gesicht herum.

Sie atmete tief ein, fand jedoch keine Worte.

„Sag mir – willst du mich wirklich verlassen, oder ist das hier nur ein weiteres deiner Spielchen?"

Sein finsterer Blick ließ sie in sich zusammensinken. Es gab keine andere Antwort als die Wahrheit. „Eins meiner Spielchen", gestand sie kleinlaut.

Mit zwei langen Schritten war Harry bei ihr, sank aufs Sofa und zog sie ohne ein weiteres Wort über seinen Schoß.

NOCH BEVOR SIE auf seinem Schoß Platz gefunden hatte, begann Harry, ihr den Hintern zu versohlen. In einem Zustand äußerster Qualen war er die ganze Nacht durchgefahren, und erkennen zu müssen, dass Kittys Verschwinden nur eine weitere Manipulation war, war etwas, das er nicht ungestraft hinnehmen würde. Er verpasste ihr mit aller Kraft ein Spanking, während er mit der anderen Hand ihre Röcke zusammenraffte, damit sie nicht im Weg waren. Sie zuckte und wand sich, machte jedoch keine Anstalten, sich ihm zu entziehen. Er hielt lediglich lang genug inne, um ihre Unterhose herunterzureißen und ihre bereits geröteten, runden Backen zu entblößen, die er nun gründlich zum Brennen bringen würde.

Seine Hiebe fielen auf die gesamte untere Hälfte ihres Hinterns, konzentrierten sich auf die Stelle, wo ihre Oberschenkel und ihre Backen aufeinandertrafen, und legte allen Kummer, den er in der letzten Nacht durchgestanden hatte, in seine Hiebe. Ihre weiche Haut wurde erst feuerrot, dann pflaumenfarben, und langsam bildeten sich Schwielen. Kitty weinte nicht, sondern stieß nur gedämpfte Schreie und Wimmern aus. Ihre Finger krallten sich in die Kissen des Sofas, und ihre Hüfte sprang in Erwiderung der Bestrafung auf und ab. Harry fuhr mit seinen Schlägen fort, bis sein Arm müde wurde und seine Handfläche brannte, dann zog er Kittys Unterhose hinauf, ihre Röcke hinunter und setzte sie neben sich auf das Sofa. „Du bleibst hier. Ich hole die Gerte."

„Die Gerte! Harry, nein!" Sie flog förmlich vom Sofa, griff nach seinem Arm und grub mit ihrem gesamten Gewicht die Fersen in den Boden, um ihn aufzuhalten. Sein Gesicht war gerötet und seine Augen blickten wild.

„Ich habe dich gewarnt, keine Spielchen mit mir zu treiben", biss er hervor.

„Ich weiß. Es tut mir leid. Ich weiß, ich habe deine Bestrafung verdient." Sie überraschte ihn, indem sie auf die Knie sank, ohne seinen Arm loszulassen. „Aber bitte … nicht die Gerte?" Ihr inständiges Bitten endete in einem Wispern, und ihre Augen blickten flehend in seine.

All seine Entschlossenheit wich dahin. Seine stolze und aufgeweckte Braut flehte ihn auf Knien an. Das war das Einzige, was ihn immer wieder an ihr überraschte – trotz ihres Temperaments und ihrer willensstarken Art hatte sie sich immer seiner Autorität unterworfen. Er erinnerte sich daran, wie weich und formbar sie nach dem ersten Spanking gewesen war, das er ihr verpasst hatte. Er legte eine Hand auf ihre Wange und streichelte mit der Daumenkuppe über ihre samtweiche Haut.

„Fürchtest du dich vor der Gerte?"

Ihre Antwort war ein schnelles, vehementes Nicken.

„Komm", seufzte er und half ihr auf die Füße. „Zeig mir dein Zimmer. Auf dich wartet ein langes, hartes Spanking."

„Ja, Mylord", murmelte sie, und ihr ausbleibender Protest erweichte ihn zunehmend. Kitty vollführte einen tiefen, dankbaren Knicks, der ihm eine verlockende Aussicht auf ihre herrlichen Brüste bot.

Sie führte ihn in ihr kleines Zimmer, wo die Überreste ihrer Kindheit noch immer verweilten – eine alte Puppe auf einem Regal und ein Märchenbuch.

Harry verschloss auch diese Tür, entledigte sich seiner Weste und der Manschettenknöpfe und rollte die Ärmel hoch. Kitty stand wie eingefroren da und beobachtete ihn. „Warum hast du mich verlassen?", fragte er, und plötzlich schnürten ihm die Emotionen die Kehle zu.

Wieder warf ihm Kitty diesen flehenden Blick zu, mit dem sie ihn bereits im Salon bedacht hatte. Schwer sank er auf die Bettkante.

„Komm her", befahl er und sie trat gehorsam auf ihn zu, während sie ihn aus nervösen Augen musterte. Harry griff nach ihrer Hüfte, darauf bedacht, nicht so fest zuzudrücken, wie seine zitternden Hände es gern gewollt hätten. Denn nun, da er sie wiederhatte, nun, da er wusste, dass sie noch immer ihm gehörte, war das Verlangen in ihm, sie zu besitzen, in jeder Hinsicht überwältigend.

„Warum hast du mich verlassen?" Unerwartete Tränen brannten in seinen Augen, und er blinzelte eilig und räusperte sich. „Was habe ich diesmal getan, das dich dazu getrieben hat, derart drastische Maßnahmen zu ergreifen, um meine Aufmerksamkeit zu erregen?"

Sie hatte seine Tränen bemerkt, hob die Finger zu seinem Gesicht und vergrub sie in seinen Haaren.

„Nichts! Nichts. Es tut mir so leid. Ich … ich verstehe einfach nicht, warum du … mich noch nicht genommen hast."

„Oh Gott!" Sein Herz hämmerte wie wild in seiner Brust über die Ungerechtigkeit der ganzen Sache, und sein Schwanz schwoll zu seiner vollen, prallen Länge an. Er zog Kitty enger an sich, bis sie zwischen seinen Knien stand, ihr Körper dicht an seinen gedrängt, dann drückte er sie hinunter, bis sie zu seinen Füßen kniete. Mit zitternder Unterlippe griff sie nach seinen Oberschenkeln.

„Kitty", stieß er heiser hervor. „Ich habe mich deinetwegen zurückgehalten – ich dachte nicht, dass du mich wolltest. Es war die reinste Folter für mich, mit dir unter einem Dach zu leben und dich niemals zu berühren." Und anstatt diese Folter auch nur eine Sekunde länger fortzuführen, griff er nach den Ärmeln ihres Kleids, zog daran, riss das Kleid entzwei und zerrte es hinunter auf Kittys Taille.

Dann fiel er über sie her, während er ihre Hände hinter ihrem Kopf festhielt und sie rückwärts auf den Teppich taumelte. Sein Mund war an ihrem Hals, seine Hände zerrten an ihrem Korsett und befreiten die zarten Brüste darunter. Besitzergreifend drückte er ihren Busen, und Kitty schnappte nach Luft und hob sich ihm entgegen.

„Törichtes Mädchen", knurrte er in ihr Ohr, während er

weiter ihre Hände über ihrem Kopf festhielt. „Es wird mir jetzt unmöglich sein, behutsam mit dir zu sein."

„Oh, Harry!", stieß sie atemlos hervor und trieb ihn mit dem Schaukeln ihrer Hüfte in den Wahnsinn.

Sie wand sich in seinem Griff, doch ihr Gesicht zeigte nichts als Verlangen, und ihre Knie beugten sich, um seinen Körper zwischen ihren Beinen zu empfangen. Harry kniff in ihre Nippel, rollte sie zwischen Daumen und Zeigefinger, bis sie zu festen kleinen Knospen wurden. Er lutschte daran, bis Kitty vor Lust wimmerte.

„Kitty, mein kleines Kätzchen", sagte er heiser, seine Stimme leise und kehlig. Er zerrte ihr Korsett und Kleid vom Körper. Als sich seine Finger nach dem Band ihrer Unterhose ausstreckten, wurde sie sehr ruhig, richtete sich auf die Ellbogen auf und sah mit Argusaugen zu, wie Harry sehr bedächtig ihren intimsten Ort entblößte.

Er spreizte ihre zitternden Schenkel und labte sich am zarten Rosa ihres Geschlechts und der seidigen Wolke aus braunen Locken, die es schmückten. Dann senkte er den Kopf und leckte sie dort, was ihre Hüfte emporschnellen ließ. Harry griff nach Kittys Becken und hielt es am Boden fest, dann hob er sich ihr Knie über die Schulter, um ihre Mitte zu erreichen, ohne, dass noch etwas zwischen ihnen stand. Mit seiner Zunge spreizte er ihren Schlitz und umkreiste ihre Öffnung.

Kitty schnappte nach Luft und klang geringfügig alarmiert. „Harry!"

„Ruhig, Kätzchen. Du gehörst mir und ich mache mit dir, was ich will."

„Oh!", rief sie aus, und ihre Mitte pochte und triefte vor Feuchtigkeit. Erneut versuchte Kitty, mit ihrem Becken zu schaukeln, und ihre Oberschenkel zogen ihn näher, bevor sie ihn plötzlich von sich schob, als wollte sie seinen Liebkosungen widerstehen.

„Ruhig. Öffne dich für mich, Kätzchen. Ich werde dich befriedigen. Es wird nicht so sein, wie beim letzten Mal, das verspreche ich."

Während er damit fortfuhr, mit seiner Zunge köstliche Kreise zu malen, drang er mit seinem Daumen in ihre enge Öffnung ein und ließ ihn hineingleiten. Irgendwann wechselte er zu zwei Fingern, während er unablässig ihr schaukelndes Becken zu Boden drückte.

„Oh … oh, Harry!", rief sie erneut aus, als sich ihre Mitte um seine Finger zusammenzog und sie krampfend und zuckend drückte, während ihr Becken nach oben schnellte.

„Genau so", murmelte Harry. „So ist's richtig."

Kittys gesamter Körper wurde schlaff und ihr Kopf rollte zur Seite, als sie wieder zu Atem kam. Nach einer Weile richtete sie sich auf die Ellbogen auf und blickte ihn prüfend an. „Aber das war doch nicht *es*, oder? Oh, natürlich war es das nicht", plapperte sie und wurde rot.

„Ich habe dich für *es* aufgewärmt", erwiderte er lächelnd.

Sie griff nach seinem Kopf, zog sein Gesicht an ihren Mund und dann küsste sie ihn mit Lippen weicher als Rosenblüten.

Als sie sich wieder voneinander lösten, murmelte er: „Heißt das, ich habe dich befriedigt?"

„Es heißt, ich bin bereit, Harry."

HARRY HOB sich von ihr herunter und half ihr auf die Füße. „Leg dich aufs Bett", befahl er und zog bereits sein gestärktes, weißes Hemd und seine Hose aus. Er war groß und hatte straffe, schlanke Muskeln – ein Körper, der eher zu einem Hafenarbeiter als zu einem Adligen passte. Seine Brust war mit einem Sprenkel dunkler Locken bedeckt und seine Bauchmuskeln liefen zu einer schmalen Taille zusammen. Als sie seinen wippenden Schwanz erblickte, der ihr entgegenragte, schnappte Kitty nach Luft. Harry trat auf das Bett zu und krabbelte mit einem räuberischen Funkeln in den Augen über sie.

Ihr Höhepunkt hatte ihre Glieder schwer werden lassen, doch als Harry näher kam, begann ihr Herz erneut wie wild zu schlagen. Sie hatte keine Angst. Das letzte Mal hatte es wehgetan, doch das war normal. Selbst wenn es wieder wehtun sollte, konnte sie es nicht erwarten, es noch einmal zu versuchen. Doch sie wusste nicht, womit sie rechnen sollte, noch was sie tun musste.

„Warum hast du gesagt, du würdest dich meinetwegen zurückhalten?", fragte sie, gerade, als Harry über ihr aufragte. Augenblicklich bereute sie ihre Frage, denn er hielt inne und runzelte die Stirn. Er legte sich auf sie, schob ihre Schenkel auseinander und stützte sich auf den Unterarmen ab. Sein Gesicht schwebte nur wenige Zentimeter über ihrem. Sie konnte den sanften Druck seines warmen Schwanzes gegen ihr Geschlecht spüren, was einen Blitz der Vorfreude durch sie hindurchschickte.

„Ich wollte mich dir nicht wieder aufdrängen."

„Es war nicht das Aufdrängen, das mir etwas ausgemacht hat", gestand sie. „Mir hat etwas ausgemacht ..." Sie verstummte.

„Was hat dir etwas ausgemacht, Kätzchen?", forderte er sie auf und küsste ihren Hals.

„Dass du mich anschließend nicht länger heiraten wolltest."

„Ich wollte dich nicht länger ...? Natürlich wollte ich dich heiraten, du dummes Mädchen!"

Und plötzlich hielt er sich nicht mehr zurück, küsste sie mit offenem Mund, wanderte mit seinen Lippen über ihren Hals und drückte beherzt ihren Hintern. Mit einem einzigen Stoß drang er in sie ein, und ihr enger Schlitz hieß ihn willkommen, als er ganz in ihr versank. Sie keuchte auf und Harry hielt inne. „Geht es dir gut?", grunzte er.

„Ja", stöhnte Kitty, schlang ihre Beine um seine Taille und zog ihn noch tiefer in sich.

Er stöhnte auf und fing an, in sie hineinzustoßen. Ihre feuchte Hitze hüllte seinen Schwanz vollkommen ein, und die leichte Aufwärtsbewegung, wenn er sich tief in ihr vergrub, stimulierte ihre kleine Lustknospe. Immer und immer wieder stieß er in sie hinein, wurde schneller und ungezügelter und dehnte ihren engen Schlitz mit jedem Stoß. Schmerz und Lust vermischten sich in ihr in einen Strudel der Empfindungen, bis sie schon glaubte, sie würde jeden Augenblick zerschellen.

Und dann tat sie es.

Ihr ganzer Körper zuckte und sie schrie auf, schlang Arme und Beine um Harry, um ihn noch tiefer und enger an sich zu ziehen, während er weiter in sie hineinstieß, bis sich seine Erlösung ihrer anschloss und sich die Muskeln ihres Geschlechts fest um seinen Schaft zusammenzogen. Für eine Weile blieb er tief in ihr vergraben liegen, und sein abgehackter Atem, der ihr Ohr streifte, wurde nach und nach langsamer. Sie atmete seinen männlichen Duft und den Geruch ihrer Vereinigung ein, erstaunt darüber, wie wunderschön der Akt gewesen war. Mit den Fingernägeln kratzte sie federleicht über seine Schultern, dann vergrub sie die Finger in seinen dunklen Haaren und erforschte seinen Körper. Nach einigen Augenblicken glitt sein Schwanz aus ihr heraus und Harry rollte sich auf die Seite.

„Geht es dir gut?"

„Musst du das fragen?"

Er stützte sich auf einem Ellbogen ab und strich ihr die Haare aus dem Gesicht. „Ja, das muss ich. Denn unsere Schwierigkeiten beruhten vor allem darauf, dass ich dich nicht gut genug verstanden habe. Ich habe dir schon einmal gesagt, dass ich nicht gut mit den Frauen bin. Wenn ich lernen soll, wie ich dich glücklich machen kann, dann muss ich aufhören, Vermutungen anzustellen, und dich einfach fragen."

Kitty streckte die Hand aus und berührte sein Gesicht. „Und wenn ich dich glücklich machen soll, dann muss ich auch dich verstehen. Ich bin gut darin, Menschen zu lesen, aber in dir habe ich meinen Meister gefunden."

Er blinzelte sie an. „Du willst mich glücklich machen?", fragte er mit heiserer Stimme.

„Dummer Mann", wisperte sie. „Weißt du denn nicht, dass ich dich liebe? Ich habe dich geliebt, seit du mich an jenem Abend das erste Mal übers Knie gelegt hast."

Harry blickte sie völlig perplex an.

„Es war nicht die Bestrafung", fügte sie hastig hinzu. „Es war die Art und Weise, wie du dich anschließend geweigert hast, mich loszulassen."

Er gluckste leise. „Ich verstehe. War es also das, was du die ganze Zeit über gebraucht hast? Bist du gestern weggelaufen, weil du herausfinden wolltest, ob ich dich loslassen würde?"

Sie spürte, wie ihr Gesicht heiß wurde. „Vermutlich ja", antwortete sie leise.

„Und die ganze Zeit über habe ich genau das Gegenteil davon getan, habe dir Raum gelassen, damit ich dich mit meiner Leidenschaft nicht ersticke. Weil ich dich von dem Moment an geliebt habe, als ich dich das erste Mal erblickt habe, Kitty."

„Warum?", fragte sie.

Er gluckste. „Das fragst du immer wieder. Wer kann den eine Antwort darauf finden, warum man liebt? Ich glaube, es ist die Art und Weise, wie du mit mir sprichst – so vertraut, so neckend. Du hast mich aus meiner Schweigsamkeit gelockt wie kein anderer."

Freudentränen traten in Kittys Augen und Harry beugte sich vor und küsste sie behutsam auf den Mund. Es war ein zärtlicher, sanfter Kuss. Sie erwiderte ihn, öffnete ihre Lippen und erforschte seinen Mund, während sie sein Gesicht in beide Hände nahm. Als sie sich wieder voneinander lösten, zog Harry sie fest an seinen großen Körper. „Ich werde dich nie wieder gehenlassen", versprach er. „Und es tut mir schrecklich leid, wie sehr ich dich verletzt habe."

„Wirst du mir weiter den Hintern versohlen?", fragte sie mit kleinlauter, gedämpfter Stimme.

„Ja", erklang seine prompte Antwort, was sie nervös kichern ließ.

Sie drückte sich noch enger an seinen Körper und schmiegte sich an ihn, um die imaginierte Bestrafung zu lindern. „Jetzt?"

„Nein", sagte er und streichelte ihre Haare. „Diesen Moment würde ich für nichts in der Welt ruinieren."

Mittlerweile zuversichtlich, dass Harry ihre Neckerei genoss, hob Kitty den Kopf. „Welche Augenblicke wirst du dann ruinieren?"

Lächelnd kniff er in ihr Kinn. „Ich weiß nicht, vielleicht verrate ich es nicht, damit du nicht zu selbstgefällig wirst."

„Nein, Harry, bitte – sag es mir einfach?"

Sein Ausdruck wurde ernst. „Dann heute Abend. Vor dem Zubettgehen."

„Aber nicht mit der Gerte?"

Seine Lippen verzogen sich zu einem Lächeln. „Nicht mit der Gerte, Kätzchen. Doch wenn du jemals wieder versuchen solltest, mich zu verlassen, dann wirst du eine ganze Woche lang jeden Abend die Gerte zu spüren bekommen, hast du das verstanden?"

Sie vergrub das Gesicht in seiner Brust, als wollte sie sich vor ihm verstecken. Harry schlang die Arme um sie und zog sie an sich. Er gluckste. „Jetzt, nachdem ich herausgefunden habe, was das angemessene Mittel der Bestrafung für dich ist, wird es ein Leichtes sein, für deinen Gehorsam zu sorgen."

SIEBTES KAPITEL

*E*s war unbeschreiblich, wie anders Harry sich fühlte als noch eine Stunde zuvor. Der quälende Kummer, den er während seiner nächtlichen Reise durchgestanden hatte, war von sprudelnder Freude abgelöst worden. Alles war perfekt. Endlich verstand er Kitty, oder zumindest verstand er sie besser, und alles Weitere über sie zu lernen, würde eine wahre Freude werden. Er stieg aus dem Bett und wusch sich am Waschbassin das Gesicht, bevor er sich ankleidete.

„Ist dein Bruder hier? Ich habe ihn nicht gesehen, als ich angekommen bin."

Kitty lag noch immer im Bett, hatte sich auf ihrer Seite ausgestreckt und beobachtete ihn, anscheinend gänzlich unbefangen über ihre Nacktheit. Sie so zu sehen, als ob sie ein lang verheiratetes Ehepaar waren, zutiefst vertraut miteinander, schickte eine weitere Woge der Zufriedenheit durch ihn hindurch.

„Wie sich herausgestellt hat, besuchen sie gerade die Familie seiner Frau in Yorkshire", erklärte sie reumütig.

Er zog eine Augenbraue hoch und warf ihr einen vielsagenden Blick zu.

„Ich weiß", seufzte sie. „Wenn du nicht gekommen wärst, um mich zu holen, hätte ich eine schrecklich eintönige Zeit hier verbracht."

Er versuchte, ihr einen tadelnden Blick zuzuwerfen, doch ihr Eingeständnis hob seine Stimmung und er grinste sie an. Sie erhob sich aus dem Bett, und er hielt inne, um das kesse Hüpfen ihrer Brüste zu bewundern, als sie sich bewegte. Auch wenn er nie den Wunsch nach Kindern empfunden hatte, ertappte er sich nun dabei, wie er sich vorstellte, wie sie mit seinem Kind schwanger war – wie wunderschön sie mit einem prallen Bauch und vollen Brüsten aussehen würde. Unendlich zufrieden atmete er tief ein und sie strahlte ihn an.

„Du musst am Verhungern sein, Mylord", bemerkte sie und fing an, sich anzukleiden.

„Ja, das bin ich."

„Ich lasse dir ein Frühstück bringen. Möchtest du anschließend ausreiten?"

„Ich dachte, ich wäre bereits geritten?", bemerkte er derb.

Sie kicherte und drehte ihm den Rücken zu, damit er ihr dabei half, das Korsett zuzuschnüren – eine weitere Freude, die eine Ehefrau mit sich brachte. Er schwor sich, dass er es nie Violet überlassen würde, Kitty beim Anziehen zu helfen, wenn er selbst anwesend war und es übernehmen konnte.

Nach dem Frühstück führte sie ihn zu den Ställen, wo sie überschwänglich vom Stallburschen begrüßt wurde. „Miss Kitty! Nein, nun muss es Lady Westerfield heißen, nicht wahr?" Der Mann warf einen Blick über Kittys Schulter und machte einen Bückling. „Lord Westerfield. Meine Glückwünsche." Er sattelte zwei Pferde für sie – eine Apfelschimmelstute für Kitty und einen Fuchshengst für Harry.

Kitty kletterte auf den Damensattel der Stute, dann

drehte sie sich zu Harry um. „Fang mich, wenn du kannst!", rief sie und gab ihrem Pferd die Sporen, noch bevor er überhaupt auf dem Rücken seines Hengstes saß.

Er lachte, trieb den Hengst zu einem leichten Galopp an und folgte der anmutigen Reiterin und ihrem Pferd. Kittys langes, dichtes Haar fiel ihren Rücken hinunter und wehten im Wind, während sie ihr Ross gekonnt lenkte. Harry gestattete sich, zu bewundern, wie gut sie ritt – so gut wie jeder Mann, obwohl sie auf einem Damensattel saß. Er musste sich anstrengen, sie nicht aus den Augen zu verlieren, denn sie kannte sowohl ihr Pferd als auch das Terrain hervorragend und war ihm um einige Längen voraus. Hin und wieder warf sie einen Blick über die Schulter, lachte und neckte ihn, und diese urtümliche Jagd ließ seinen Schwanz vor Vorfreude anschwellen.

Kitty führte ihn durch Wälder und über einen schmalen Fluss, einen mit Heide bewachsenen Hügel hinauf und zurück durch einen weiteren Hain. Schließlich hielten sie an einer Steinmauer an. Harry stieg aus dem Sattel und band seinen Hengst an, dann griff er nach Kittys Taille und hob sie von ihrer Stute, die einen Schritt zur Seite wich und entrüstet die Nüstern blähte.

Kittys Augen wurden groß, und er bemerkte einen Anflug von Zweifel in ihrem Blick, als ob sie befürchtete, für ihr Spiel bestraft zu werden, bis er ihre Sorgen verfliegen ließ, indem er ihre Lippen mit seinen bedeckte. Ihre Hände gruben sich in seine Arme, um nicht die Balance zu verlieren, und in einer Bekundung absoluter Unterwerfung legte sie den Kopf in den Nacken, damit er ihren Hals bis hinunter zur zarten Kuhle zwischen ihren Schlüsselbeinen mit Küssen bedecken konnte. Wieder schnaubte die Stute, und Harry gluckste, griff nach den Zügeln und band das Pferd an, bevor er sich wieder seiner Dame zuwandte.

Energisch zog er Kitty an seinen Körper, schlang einen

Arm hinter ihren Rücken und drückte beherzt ihr Gesäß. Er schob seinen Oberschenkel zwischen ihre Beine, und sie schaukelte mit der Hüfte und rieb ihre Mitte an ihm, während er weiterhin ihren Hintern knetete.

„Ich habe dir gesagt, ich würde dir immer folgen", knurrte er in ihr Ohr, und sie stieß ein unverständliches Wimmern aus. Er schob sie rückwärts, ihre Körper noch immer eng aneinandergepresst, bis ihr Rücken gegen die Steinmauer stieß. Dann löste er sich aus ihren Armen und drehte sie langsam um, bis sie auf die Mauer blickte, und platzierte ihre flachen Hände auf die kühlen Steine. „Gestatte mir, dir zu zeigen, was es bedeutet, Lady Westerfield zu sein", murmelte er in ihr Ohr und hob im selben Moment ihren Rock hoch.

Sie stieß ein Geräusch aus, das teils Protest, teils Aufforderung war.

„Es bedeutet, dass du dich mir hingeben musst, wann immer und wo immer ich will." Seine Finger glitten zwischen ihre Beine und er spürte durch den Stoff ihrer Unterhose hindurch, wie feucht sie bereits war. „Kannst du das für mich tun, Kätzchen?"

„Ich … ich weiß nicht", antwortete sie mit bebender Stimme.

Seine Finger fanden den Schlitz in ihrer Unterhose und verschwanden darin, dann ließ Harry seinen Mittelfinger durch ihre Säfte und in ihre Öffnung gleiten.

„Ja, Mylord", stieß sie atemlos hervor. „Ja … ich werde es versuchen."

„Braves Mädchen", schnurrte er in ihr Ohr, dann zog er am Band ihrer Unterhose, um sie herunterzuziehen. „Spreize deine Beine", befahl er, als die Unterhose auf der Erde gelandet war, und schob ihre Füße weiter auseinander.

Auf ihrer zarten Haut waren noch immer einige Schwielen vom Spanking zu sehen, das er ihr vorhin verpasst hatte – ein Ereignis, das so lange zurückzuliegen schien und so weit von der Intimität entfernt war, die sie nun teilten, dass es seltsam für ihn war, diese Schwielen zu erblicken. Er rupfte einen langen, steifen Grashalm aus und kitzelte damit ihren Hintern. Sie kicherte und warf ihm einen Blick über die Schulter zu. „Vielleicht sollte ich doch die Gerte benutzen", sagte er, hob mit übertriebener Wucht den Arm und ließ das Grashälmchen auf ihren Hintern hinuntersausen. „Zu dumm, er ist zerbrochen", bemerkte er dann, womit er sich ein weiteres Kichern verdiente.

Mit der Spitze seines Schwanzes glitt er durch ihren einladenden Schlitz und sie stöhnte auf und schob ihm ihr Becken entgegen.

„Das ist mein braves Mädchen", trieb er sie an. Er vermutete, dass sie wahrscheinlich noch wund von ihrem kürzlichen Schäferstündchen war, und versuchte, behutsam zu sein. „Öffne dich für mich", sagte er und spürte, wie sich ihre Muskeln entspannten und er mühelos in sie eindringen konnte. „Ja, genau so."

Er glitt in sie hinein und hinaus, sanft zunächst, doch als er darüber staunte, auf welche niedere Weise er sie gerade nahm – wie ein Dorfmädchen unter freiem Himmel –, vergaß er sich. Durch den Stoff ihres Kleides hindurch drückte er ihre Nippel und stieß gleichzeitig tief in sie hinein, dass sie mit jedem seiner Stöße aufschrie, bis er zum Höhepunkt kam, ihren Oberkörper an seine Brust zog, beide Brüste mit den Händen bedeckte und seinen Samen in sie ergoss. Auch sie kam, zuckte in Erwiderung seiner Erlösung und bewegte ihre Hand zwischen ihre Beine, als ob sie ihn dort in sich festhalten wollte.

Er küsste ihren Hals. „Geht es dir gut?", fragte er, bevor er sich diese instinktive Frage verkneifen konnte.

Sie kicherte. „Und wenn nicht?"

Behutsam zog er sich aus ihr heraus und verpasste ihrem nackten Hintern einen leichten Klaps. „Dann würde ich sagen, dass es mir schrecklich leidtut, dass es jedoch deine Pflicht ist", neckte er sie.

Sie wirbelte herum, zog an den Enden seiner Ascotkrawatte und löste sie. Er lachte, zog sie einmal mehr in seine Arme und küsste sie gründlich, bevor sie wieder auf ihre Pferde stiegen und zurück zum Anwesen ritten. Nach einem trägen Nachmittag, den sie mit Reden und Lachen verbracht hatten, aßen sie gemeinsam zu Abend, doch als sich das Ende des Dinners näherte, bemerkte er, dass Kitty unruhig wurde.

„Bist du nervös wegen deines Spankings?", fragte er sanft.

Stirnrunzelnd blickte sie ihn an. „Ist das wirklich nötig?", fragte sie.

„Ich fürchte ja, Kätzchen. Es ist eine Lektion, von der ich mir sicher sein muss, dass du sie lernst."

„Ich habe sie gelernt!", gelobte sie.

Er nickte. „Das glaube ich dir, doch ich werde dir dennoch den Hintern versohlen."

Sie ließ die Schultern sinken und senkte den Blick auf ihren leeren Teller.

„Bringen wir es hinter uns", sagte er, erhob sich vom Tisch und führte sie nach oben in ihr Schlafzimmer.

„ZIEH DEINE SACHEN AUS."

Sie schluckte. Dass Harry ihr vorhin die Kleidung vom Leibe gerissen hatte, war eine Sache, doch nun den Befehl zu erhalten, sich auszuziehen, während er dabei zusah, war etwas ganz anderes. Sie zögerte, und prompt hob er mit dieser durch und durch autoritären Art und Weise, die er so gekonnt beherrschte, eine Augenbraue. Sie zwang ihr hämmerndes Herz, langsamer zu schlagen, und drehte Harry den Rücken zu, damit er die Haken ihres Kleids löste. Die federleichte Berührung seiner Finger entfachte ein Feuer in ihrem Innern, auch wenn ihre Knie vor Vorahnung weich wurden. Sie zog ihre Sachen aus, sogar die Strümpfe und den Strapsgürtel.

Genau wie am Morgen zog Harry systematisch Weste und Manschettenknöpfe aus und rollte seine Ärmel hoch. Sein Ausdruck war nichtssagend, doch seine Augen betrachteten sie mit derselben Wärme, die sie schon den ganzen Tag in ihnen erkannt hatte. Ein Schauder von etwas anderem als Angst ergriff sie.

Sie hatte den ganzen Tag an dieses Spanking denken müssen und war immer nervöser geworden, wenngleich auch ihr Bedürfnis, ihren Ehemann zu befriedigen, angewachsen war. Dass er sie züchtigte, machte ihn in ihren Augen tatsächlich *noch* attraktiver. Doch das bedeutete noch lange nicht, dass sie ein „langes, heftiges Spanking" über sich ergehen lassen wollte.

Sie saß auf dem Bett, um ihre intimsten und verletzlichsten Stellen zu beschützen. Harry zog den gefürchteten Rasierriemen aus seiner Reisetruhe und schlug damit leicht in seine Handfläche. Kitty biss sich auf die Unterlippe und versuchte, erneut vor ihm auf die Knie zu sinken und um Gnade zu betteln. Er ging ans Kopfende des Bettes, platzierte die Kissen am Kopfteil und lehnte sich dort an, die langen Beine auf dem Bett ausgestreckt. Unmissverständlich klopfte er auf seinen Schoß.

Sie schaffte es, den Aufschrei hinunterzuschlucken, der in ihrem Hals aufstieg, krabbelte zu ihm und fing an, sich über seinen Knien zu drapieren. „Andersherum", befahl er.

„Oh!" Beschämt, einen Fehler gemacht zu haben, drehte sie sich unbeholfen herum und richtete sich in die andere Blickrichtung aus.

Mit der Hand strich Harry leicht über ihren Hintern. Sofort bedeckte Gänsehaut ihren ganzen Körper. „Warum versohle ich dir den Hintern, Kitty?"

„Weil ich fortgelaufen bin", sagte sie, und ihre Stimme

drang gedämpft zwischen den Laken hervor. Knallend landete seine Hand auf einer Backe. Der Hieb war nicht so hart wie das Spanking am Morgen, als sie die volle Wucht seiner Wut und seines Kummers in jedem seiner Schläge gespürt hatte, doch er brannte gleichwohl. Er verpasste auch ihrer anderen Backe einen Schlag, dann landete sein nächster Hieb direkt auf ihrer Ritze. In diesem Rhythmus fuhr er fort: links, rechts, Mitte. Es brannte und Kitty wand sich unter den Hieben, während Harry unbeirrt fortfuhr und seine Schläge immer und immer wieder auf dieselben drei Stellen prasseln ließ. Ihr ursprünglicher Eindruck, dass er nicht mit allzu viel Wucht zuschlug, verblasste allmählich, als sich Tempo und Intensität steigerten. Ihr Atem ging schneller und wurde zu einem flachen Keuchen, und sie bemühte sich, nicht panisch zu werden. Nach einigen endlosen Minuten hielt er inne und streichelte ihren feuerroten Hintern.

Seine Liebkosung ihres Hinterns war so zärtlich, dass sie sich dabei ertappte, wie sie den Po in die Luft reckte, als würde sie um mehr betteln. Sie glaubte zu hören, wie Harry der Atem stockte.

Er ließ sich allerdings nicht ablenken, denn im nächsten Moment spürte sie, wie er nach dem Riemen griff. Augenblicklich spannte sie ihr Gesäß an und krümmte die Schultern.

Heftiger, als sie bei ihrer Position über seinen Knien für möglich gehalten hätte, ließ Harry den Riemen auf ihre Backen niedersausen. Ihr Hintern zog sich zusammen, die Backen wackelten und sprangen ihm dann wieder entgegen. Eine feuerrote Linie breitete sich auf ihrer Haut aus. Der zweite Hieb landete genau unter dieser Linie, der dritte wiederum darunter. Kitty erstickte ihre Schreie in der Decke, damit die Angestellten sie nicht hörten. Zwischen den Hieben gestattete Harry ihr mehrere Sekunden, um sich zu erholen, auch wenn sie sich nicht sicher war, ob das ein

Segen oder ein Fluch war. Der nächste Schlag landete auf dem Übergang zu ihren Oberschenkeln, und wieder schrie sie in die Laken, als frisches Schluchzen aus ihr hervorbrach. Er arbeitete seinen Weg ihren Hintern hinauf und hinunter. Es war die pure Qual – jeder Hieb rief einen frischen Striemen empor, und jeder Hieb landete auf früheren, sodass der Schmerz sich jedes Mal potenzierte.

„Warum hast du mich verlassen?"

Sie brauchte einen Augenblick, um zu begreifen, dass er den Faden ihrer früheren Unterhaltung wieder aufnahm, und einen weiteren Augenblick, bevor sie sich genug zusammengerissen hatte, dass sie ihm antworten konnte. „Weil ich eine unartige Ehefrau bin!", rief sie aus.

Er lachte bellend auf und ließ den Riemen in einer Liebkosung über ihren Hintern gleiten. „Ja", grummelte er. „Du bist eine sehr ungezogene Ehefrau. Aber warum hast du mich verlassen? Was willst du von mir?"

Wieder ließ er den Riemen über ihren Hintern knallen, was es ihr unmöglich machte, zu antworten, wenn sie nicht vom Brennen ihres Gesäßes überwältigt werden wollte. Alles, was sie hervorbrachte, war ein „Das!"

Wieder gluckste er und verpasste ihr einen weiteren Schlag mit dem Riemen, jedoch nur leicht. „Du wolltest das hier? Du wolltest, dass ich dich über mein Knie lege und dir den Hintern versohle?"

„Nein! Ja … ich meine, nein!" Sie wackelte mit der Hüfte und wieder ließ er den Riemen herunterschnellen. „Au! Harry!" Er schlug auf ihren anderen Schenkel. „Aua! Ich wollte nur … ich wollte nur, dass du hinter mir herkommst … ich wollte nur wissen, dass ich dir etwas bedeute!"

Er erstarrte, dann hob er ihren Oberkörper an und wiegte sie in seinen Armen. „Wusstest du das nicht?", wisperte er. „Kätzchen, du bedeutest mir viel zu viel …" Seine Stimme brach ein wenig. „Seit dem ersten Tag an, als ich dich kennen-gelernt habe, war ich hoffnungslos verloren." Er küsste eine ihrer Tränen fort. „Ich wollte dich mit einer so unergründli-chen Leidenschaft, dass ich schon befürchtete, deine zarten Knochen zu brechen, sollte ich sie entfesseln." Er küsste ihre Schläfe. „Dieses brennende Verlangen nach dir hat mich so viele Fehler machen lassen … ich habe versucht, unser Werben zu umgehen, was dich zutiefst beleidigt hat. Ich habe mich in meiner Eifersucht wie ein Wahnsinniger aufgeführt und habe dich gewaltsam genommen wie ein brutaler Heide. Es tut mir leid. Ich habe immer nur versucht, meine Gefühle für dich im Zaum zu halten, damit ich dich nicht wieder verletze oder beleidige. Ich wollte dir Raum geben … um dich an den Gedanken zu gewöhnen, mit mir verheiratet zu sein."

Bewegt von seinen offenkundigen Qualen, berührte sie zu neuen Tränen bewegt zärtlich seine Wange. „Bist du deshalb abends nicht nach Hause gekommen?"

Er nickte, dann schenkte er ihr ein reumütiges Lächeln. „Wie du heute herausgefunden hast, kann ich nicht in deiner Nähe sein, ohne dich zu wollen. Es hat mich in den Wahn-sinn getrieben, in deiner Gegenwart zu sein und dich nicht haben zu können." Seine Hand legte sich auf ihren bren-nenden Hintern und erinnerte sie an seinen Besitzanspruch. „Ich liebe dich, Kitty. Mein Herz hat aufgehört zu schlagen, als ich festgestellt habe, dass du verschwunden warst. Den ganzen Weg bis hierher habe ich keine Luft mehr bekom-men. Wenn du mir gesagt hättest, dass du mich für immer verlässt, wäre ich vermutlich einfach im Spencer's einge-zogen und nie wieder herausgekommen. Oder vielleicht hätte ich auch einfach aufgehört, zu sprechen."

Sie stieß ein verweintes Lachen aus, und weitere Tränen rollten über ihre Wangen.

Mit der Daumenkuppe wischte Harry sie fort. „Versprich

mir, dass du mir das nie wieder antust?", fragte er, und seine Stimme brach erneut.

„Ich verspreche es!", rief sie aus. „Ich verspreche es dir, Harry. Es tut mir unendlich leid. Ich habe mich einfach so allein gefühlt – in einem Moment warst du so freundlich und aufmerksam, und im nächsten schienst du überhaupt nicht mehr in meiner Nähe sein zu wollen."

„Ich wollte nicht in deiner Nähe sein?", wiederholte er und blickte sie voller Begreifen an. „Oh, Kitty. Es tut mir so leid. Mir ist nie in den Sinn gekommen, dass ich dir so viel bedeuten könnte, dass meine Abwesenheit dich verletzt."

Nun begann sie ernsthaft zu schluchzen und vergrub ihr Gesicht in seiner Brust. „Es hat mich verletzt", murmelte sie in sein Hemd.

Harry nahm ihr Gesicht in die Hände und hob es an, damit er in ihre Augen blicken konnte. „Kannst du mir verzeihen?"

Sie nickte.

„Ich bin nicht gut mit Worten, Kitty. Du allerdings schon – du bist besser als jeder andere Mensch, den ich kenne. Wirst du mir das nächste Mal bitte einfach sagen, was du von mir brauchst? Wirst du dich daran erinnern, dass ich dumm bin und deine Hilfe brauche?"

Wieder nickte sie.

Er wischte ihre frischen Tränen ab. „Ich liebe dich und ich würde alles tun, um dich glücklich zu machen."

Ihre Lippen zuckten in ein neckendes Lächeln. „Alles, außer mir ein Spanking zu ersparen?"

Als sie das sagte, funkelten seine Augen. „Nun, dir ein Spanking zu besorgen, ist eine Pflicht, die ich mittlerweile sehr genieße."

Sie spürte, wie ihr Magen flatterte. „Ich genieße es auch … nun ja, nicht so sehr das Spanking selbst", sagte sie, als er fragend die Augenbrauen hob. „Aber es gefällt mir, dass du mir den Hintern versohlst."

„Du hast mich wieder verwirrt, Kätzchen", gestand er.

Sie spürte, wie sie rot wurde. „Ich mag es *nicht*, den Hintern versohlt zu bekommen, aber ich mag es, zu wissen, dass du es tun könntest." Ihr Geständnis war ihr unangenehm und sie kicherte. „Ist das albern? Ich mag es, deine Kraft und deine Leidenschaft zu spüren, wenn du mir den Hintern versohlst. Und ich mag es, wie du mich anschließend im Arm hältst."

„Dir gefällt es, zu wissen, dass ich dir den Hintern versohlen könnte?", wiederholte er mit einem teuflischen Grinsen auf dem Gesicht. Er drückte ihren Oberkörper hinunter und rollte sie so, dass ihr Hintern erneut entblößt war.

„Nein! Harry!" Sie wand sich. „Ich habe gesagt, ich mag es *nicht*, den Hintern versohlt zu bekommen!"

Als er ihr einen Schlag auf den Hintern verpasste, spürte sie im selben Augenblick, wie sich seine andere Hand unter ihren Körper schob und auf ihre Mitte legte. Sie schnappte nach Luft.

„Harry ..."

Seine Finger versanken in ihrem Schlitz, der bereits geschwollen und feucht für ihn war. Wieder verpasste er ihr einen Hieb, und seine Finger erkundeten eine empfindliche Knospe, die gerade hinter ihrer feuchten Haut verborgen lag, was dazu führte, dass sie sich vor Verlangen wand. Auf diese Weise fuhr er fort, verpasste ihr langsame Hiebe, während seine Finger ihren Zauber wirken ließen. Sie rollte ihre Hüfte über seinen Schoß, stöhnte und verlor sich in diesem Strudel aus Schmerz und Lust, aus Hilflosigkeit und Verlangen. „Oooooh", stöhnte sie, keuchte mit jedem Schlag auf und stöhnte in den Ruhemomenten dazwischen. Als sie kam, schien sie förmlich zu zerschellen. Sie verlor jeden Begriff von Raum und Zeit und explodierte in blindem Staunen und Woge um Woge der Lust.

Irgendwann, nach einer langen Weile, spürte sie das sanfte Streicheln von Harrys Fingern, die über ihren Rücken strichen, während sie langsam wieder zu Sinnen kam.

Sie rollte sich zur Seite und blickte unter schweren Lidern zu ihrem Ehemann hinauf. „Vielleicht gefällt es mir doch, den Hintern versohlt zu bekommen."

Er gluckste.

„Harry?"

„Ja, Kätzchen?" Die Zärtlichkeit in seiner Stimme ließ ihre Glieder schmelzen wie Butter.

„Bekomme ich noch den Empfangsball?"

Sein Lachen rollte wie ein leises Grollen durch seine Brust. Er schob ihre Beine von seinem Schoß und legte sich neben sie aufs Bett. „Selbstverständlich bekommst du den, Kätzchen."

SIE VERBRACHTEN vier idyllische Tage in Penrock, ritten aus, machten Spaziergänge, lachten und hatten mehrmals am Tag Sex. Er versohlte ihr in jedem Zimmer des Hauses den Hintern. Das waren „glückliche Spankings", wie sie es nannte – gerade fest genug, um sie sich winden zu lassen – die immer damit endeten, dass er sie in irgendeiner neuen Position eroberte.

Es waren ihre Flitterwochen, und jetzt, da er sich seiner Kitty sicher sein konnte, fühlte sich Harry wie der größte Mann der Welt. Am fünften Tag kehrten sie zurück nach London, um ihren Ball vorzubereiten.

„Es fühlt sich anders an", murmelte Kitty, als sie das Haus betraten.

„Was fühlt sich anders an?"

„Dein Haus. Ich habe das Gefühl, als ob ich erst jetzt als deine neue Frau hier eintreffen würde."

„Ja, das Haus spürt, dass unsere Ehe nun vollzogen wurde", sagte Harry mit gespielter Ernsthaftigkeit, womit er sich ein Kichern verdiente. Mit neu gefundenem Selbstbewusstsein schwebte Kitty in die Diele, griff sich den Stapel Korrespondenz, der sich in ihrer Abwesenheit angesammelt hatte, und suchte ihn eifrig nach den Reservierungskarten für den Ball durch. Mit der Tageszeitung und seiner eigenen Post in der Hand, griff Harry nach Kittys Fingern und führte sie in sein Arbeitszimmer, wo sie Platz nahmen und anfingen, ihre Briefe durchzusehen.

„Ah, hier ist die erste Rechnung des Schneiders. Sehen wir mal, ob ich dich anbellen muss oder nicht", zog er sie auf und öffnete den Brief. Als Kitty nicht antwortete, hob er den Blick. Sie saß wie versteinert da, ihr Gesicht blass und gezeichnet. „Was ist, Kätzchen?"

Mit zitternden Fingern hielt sie einen Stapel Reservierungskarten hoch. „Ich denke, wir sollten den Ball besser absagen", sagte sie. „Das sind beinahe alles Absagen. Wie es scheint, werde ich mich nicht besonders würdevoll von der Westerfield-Affäre erholen."

Er begriff augenblicklich, was das zu bedeuten hatte. Kitty wurde von der Gesellschaft gemieden. Er atmete tief durch und durchquerte das Zimmer, nahm ihr die Karten aus der Hand, stopfte sie in seine Hosentasche und zog Kitty aus dem Stuhl und in seine Arme. Ihr Körper zitterte kaum merklich, als sie ihre Wange gegen seine Brust drückte. Beruhigend streichelte er ihr über den Rücken. „Wir werden den Ball ausrichten", erklärte er mit fester Stimme. „Und ich werde dafür sorgen, dass er gut besucht ist."

„Wie?"

„Überlass das mir, Kätzchen. Es wird alles gut gehen",

beruhigte er sie und schwor sich innerlich, alles zu tun, um sein Versprechen zu halten.

Nach dem Dinner liebte er sie, um ihr dabei zu helfen, zu vergessen, und als sie eingeschlafen war, kehrte er in sein Arbeitszimmer zurück, wo er auf und ab ging. Seine Schuldgefühle waren zurückgekehrt, doch diesmal schmeckten sie anders. Kitty war nun sein – es war seine Pflicht, sie zu beschützen und diese Situation, die er mitverursacht hatte, irgendwie wieder ins Lot zu bringen. Sein üblicher Drang, sich im Angesicht der Schande zurückzuziehen, blieb aus. Stattdessen fühlte er sich zum Handeln angetrieben, wie ein Krieger, der sich dafür wappnete, seine Familie zu verteidigen. Nur dass es niemanden gab, gegen den er kämpfen konnte.

Er setzte sich an seinen Schreibtisch und vergrub das Gesicht in den Händen. Er wünschte, es gäbe einen Feind, mit dem er es um Kittys willen aufnehmen konnte. Doch nein, diese Situation verlangte etwas anderes von ihm – etwas, das ihm weitaus riskanter erschien als eine Schlacht.

Er zog einen Bogen Briefpapier hervor und schrieb einen langen Brief an seine Mutter, in dem er ihr die ganze Situation darlegte, die Schuld für seine Fehler auf sich nahm und sie um ihren Beistand anflehte. Es fiel ihm schwer, diesen Brief zu schreiben, doch er war sich sicher, dass sie helfen würde – sie pflegte jede Menge Bekanntschaften und war über jede Kritik erhaben. Wenn sie Kitty unterstützte, dann würden viele ihrem Beispiel folgen. Anschließend sah er die Reservierungskarten durch und notierte sich, welche Gäste mit einer Absage geantwortet hatten.

Am nächsten Morgen, als er durch die Gänge des Westminster Palace zum House of Lords schritt, brach er mit seiner üblichen Reserviertheit und hielt inne, um sich zu einer kleinen Gruppe seiner Kollegen zu gesellen. Ein Gefühl, als ob er am Ersticken wäre, überkam ihn, und er zerrte an seiner Ascotkrawatte, um sie zu lösen. Dann erinnerte er sich an Kittys Kummer und atmete tief durch. „Gentlemen, wie geht es Ihnen heute Morgen?", fragte er mit einer Verbeugung.

Die Männer murmelten ihre Begrüßungen und beäugten ihn neugierig.

Seine Kehle war wie zugeschnürt, und wieder zerrte er an seiner Ascotkrawatte und zwang sich, trotz dieses Gefühls der Enge zu sprechen. „Gentlemen, vermutlich haben Sie bereits gehört, dass ich mit meiner neuen Frau eine Art Skandal verursacht habe?"

„Eine *Art* Skandal? Ich habe gehört, Sie hätten Fenton um ein Haar den Kiefer gebrochen, bevor Sie mit ihr davongestürmt sind."

Harry bemühte sich, ausdruckslos zu blicken, und widerstand dem Impuls, das Gesicht zu verziehen. „Ja, nun ja. Das war die Folge eines Missverständnisses, und ich übernehmen die volle Verantwortung", demütigte er sich. „Leider ist es meine Frau, die nun unter meinem Fehler leidet, also ist es meine Pflicht, diesen Fehler zu korrigieren. Ich richte dieses Wochenende einen Ball aus, auf dem ich sie als Lady Westerfield präsentieren werde, und es würde mir wirklich viel bedeuten, Sie dort begrüßen zu dürfen", erklärte er und appellierte an ihr Mitgefühl.

Es folgte befangenes Schweigen. Harry wusste nur zu gut, dass jeder der Männer bereits eine Einladung erhalten und mit einer Absage geantwortet hatte, doch er ließ sich nicht beirren, suchte ihre Blicke und wartete auf ihre Zusagen. Eine Schweißperle rollte seinen Rücken hinunter.

„Randolph?", fragte er.

„Ich glaube, wir haben an diesem Abend bereits anderweitige Verpflichtungen, aber, äh, ja … ich werde mit meiner Frau sprechen. Ich bin mir sicher, wir können unsere Pläne ändern."

„Vielen Dank. Rutledge?"

„Ich würde den Ball um nichts in der Welt verpassen wollen."

„Ich befürchte, meine Frau hat bereits unsere bedauerliche Absage übermittelt, doch ich werde mich erkundigen, ob wir unsere Pläne ebenfalls ändern können."

„Vielen Dank, Langley. Ich versichere Ihnen, ich werde diesen Gefallen jederzeit erwidern", versicherte er ihnen.

Es hätte schlimmer laufen können. Es war zwar schmerzlich unangenehm gewesen, aber auch produktiv. Wie bei einem Wetteinsatz, den man auf den Spieltisch legte, musste er auch hier mit der Überzeugung ans Werk gehen, dass ihm der Sieg bereits sicher war. Er wusste, wie er dieses Spiel spielen musste.

Mit jeder darauf folgenden Gruppe, mit der er sprach, ließ das Gefühl des Erstickens nach und er brachte seine Bitte mit etwas mehr Leichtigkeit vor. Nach und nach kam ihm der Gedanke, dass es sich so ähnlich anfühlen musste, eine Kampagne für ein neues Gesetz zu führen. Nachdem er auch die Zusagen der nächsten Gruppe gewonnen hatte, warf er tatsächlich noch seine Unterstützung für das Gesetz gegen Tierquälerei in die Runde und bat sie alle, ihre Unterstützung der Sache in Erwägung zu ziehen.

Bei der letzten Gruppe jedoch kam er ins Straucheln, als er feststellte, dass sich Lord Fenton unter den Männern befand. Seit der Nacht des Balls hatten sie kein Wort mehr gewechselt, obwohl Harry hin und wieder den Eindruck bekommen hatte, als ob Fenton auf ihn zukommen wollte. Doch nun war es Fenton, der augenblicklich die Initiative ergriff. „Lord Westerfield", sagte er mit einer Verbeugung. „Ich schulde Ihnen und Ihrer Frau eine Entschuldigung."

„Es war ein Missverständnis meinerseits", beeilte sich Harry zu versichern und streckte Fenton seine Hand hin, der sie schüttelte. Ohne Fentons Hand loszulassen, warnte er:

„Doch wenn Sie meine Frau noch einmal anrühren, sind Sie ein toter Mann." Die umstehenden Männer glucksten.

„Verstanden." Fenton grinste ihn unbekümmert an und drückte seine Hand. „Und vielen Dank für Ihre Einladung zu Ihrem Ball – meine Schwester und ich freuen uns schon den ganzen Monat darauf." Er wandte sich an die anderen Männer. „Haben Sie ebenfalls eine Einladung zum Hochzeitsempfang der Westerfields ergattern können? Das wird das Ereignis des Jahres."

Es war das erste Mal, dass Harry einen Aspekt von Fentons Persönlichkeit zu schätzen wusste. Plötzlich erkannte er, warum er und Kitty sich so gut verstanden. Genau wie Kitty begriff Fenton offensichtlich die Dynamiken einer Situation, die involvierten Persönlichkeiten und wie er sie überzeugen musste. Auch wenn er wusste, dass Fenton in Kittys Sinne so gesprochen hatte, schätzte Harry seine Unterstützung. Die anderen Männer versicherten ihre Anwesenheit auf dem Ball und Harry ging weiter, entdeckte schließlich seinen Schwager und zog ihn zur Seite.

„Hilf mir, die Anwesenheiten auf unserem Ball durchzudrücken?"

Stanley blinzelte und begriff die Bitte augenblicklich. Er nickte zustimmend. „Selbstverständlich."

„Vielen Dank. Ich habe deine Schulden im Spencer's getilgt."

Stanley sah verblüfft aus. „Das war mehr, als wir abgemacht hatten." Tatsächlich waren die 10.000 Pfund, die er Stanley bereits gezahlt hatte, nicht mit den Schulden verrechnet worden, also hatte Harry die vollen 22.000 Pfund zahlen müssen, um die Schuld zu tilgen.

Er zuckte mit den Schultern. „Sie ist mein ganzes Vermögen wert."

ACHTES KAPITEL

„*D*u musst dich heute Abend durch den Raum bewegen und tatsächlich mit den Gentlemen sprechen, Harry – du kannst nicht einfach nur schweigsam dastehen", ermahnte Kitty ihn am Tag ihres Empfangs am Mittagstisch. Ihr Bruder Edward war mit seiner Frau Susan in der Woche eingetroffen und die vier hatten gerade ihr Lunch beendet.

Zu Kittys großer Freude hatte sich Harry tatsächlich auf den Besuch eingelassen, hatte mit Edward entspannte Gespräche geführt und mit seiner Schwägerin höfliche Nichtigkeiten ausgetauscht.

„Erwartest du etwa tatsächlich, dass ich an diesem Ball teilnehme?", fragte Harry mit gespieltem Erstaunen. „Ich hatte eigentlich fest vor, mich den ganzen Abend über in meinem Arbeitszimmer zu verschanzen."

„Wag es bloß nicht! Und ich verlange auch, dass du mit mir tanzt – mindestens zwei Tänze."

„Kitty", mischte sich Edward steif ein. „Deinen Ehemann zu tyrannisieren, kann gut und gern dazu führen, dass er dich übers Knie legt", warnte er sie.

„Oh, ich bin mir sicher, dass er das tun wird", erwiderte sie heiter. „Das ist doch Teil des Vergnügens, nicht wahr?"

Auf ihre Bemerkung folgte eine bedeutungsschwangere Pause, und Edward und Susans Blicke flogen zu Harry, um herauszufinden, wie viel Wahrheit in Kittys Worten steckte. Harry hatte völlig außer sich die Augen geschlossen, konnte sein Lachen jedoch nicht länger unterdrücken. Er ließ es heraus und schüttelte verdrossen den Kopf.

„Nun, das macht es ein wenig kompliziert, sie im Zaum zuhalten, oder nicht?", wollte Edward wissen.

Wieder gluckste Harry. „Ja, doch wenn ich sie gezüchtigt habe, ist sie anschließend zuckersüß, also ist es die Mühe wohl wert."

Kitty spürte, wie ihre Wangen zu glühen begannen, doch sie stimmte in das Lachen der anderen mit ein. Dann wurde Edwards Ausdruck ernst. „Sind Sie gut zu ihr, Westerfield?"

„Edward, bitte", unterbrach Kitty ihn.

Harry hob die Hand und blickte sie ernst an. „Nicht gut genug. Doch ich werde es wiedergutmachen."

Ihre Augen füllten sich mit Tränen und sie richtete den Blick auf die Decke und wedelte mit der Hand vor ihrem Gesicht herum, damit die Tränen bloß nicht fielen. Aufmerksam wie immer drückte Harry ihr sein Schnupftuch in die Hand.

„Kitty weiß mittlerweile, dass ich ausgesprochen begriffsstutzig bin, wenn es darum geht, aus Frauen schlau zu werden, und dass sie direkt sein muss, wenn sie etwas von mir will. Das weißt du doch, oder, Kätzchen?"

„Ja, Mylord." Sie lächelte ihn an. Er nahm ihre Hand in seine und malte mit dem Daumen zärtliche Kreise auf ihre Haut.

„Bist du nervös wegen des Balls?"

Sie versuchte, ihre Nervosität zu leugnen, die sich direkt

unter ihrem Brustbein eingenistet hatte wie ein fester Knoten. „Natürlich nicht!"

„Es gibt nichts, weswegen du beunruhigt sein müsstest. Die Zusagen sind letztendlich alle eingetroffen, ich werde dich nicht für das Arbeitszimmer sitzen lassen, und ich werde heute Abend jeden Tanz mit dir tanzen, wenn du mich lässt."

„Es wird wundervoll werden", meldete sich nun auch Susan zu Wort.

Kitty blinzelte eilig und starrte erneut an die Decke, um ihrer Tränen Herr zu werden. „Danke", sagte sie mit erstickter Stimme. „Würdet ihr mich nun entschuldigen? Ich möchte noch ein Bad nehmen, bevor ich mich umziehe."

Sie stand auf und Harry und Edward erhoben sich ebenfalls. Später, nachdem sie gebadet hatte, und ihre Unterhose, das Korsett, den Strapsgürtel und ihre Strümpfe trug, betrat Harry das Zimmer. Violet wickelte gerade Kittys frisch gewaschenen Haare in eine Hochsteckfrisur und flocht weiße Rosenblüten hinein.

Harry beugte sich über Kitty und küsste ihren Hals. „Du siehst wunderschön aus."

Sie lächelte zu ihm auf und informierte Violet, dass Harry ihr mit den restlichen Sachen helfen würde.

„Ich habe ein Geschenk für dich."

Sie wirbelte auf ihrem Hocker herum. „Tatsächlich?", fragte sie und versuchte, die kindliche Aufregung zu vertuschen, die sie bei dieser Ankündigung empfand.

Allerdings schien sie keinen Erfolg damit zu haben, denn Harry lachte auf. „Ja", sagte er und hielt ihr eine lange, schlanke Schatulle hin.

Kitty klappte die Schatulle auf und zog eine unglaublich schöne Kette heraus, die aus weißen und goldenen Perlen bestand und perfekt zu ihrem Kleid passte. „Harry!", stieß sie atemlos hervor. „Sie ist wunderschön. Hast du dich erinnert, dass mein Kleid mit Gold durchwirkt ist?"

Stirnrunzelnd blickte er sie an. „Wie könnte ich ein so schönes Kleid vergessen?"

„Du bist anders als die meisten Männer", sagte sie. „Oder zumindest anders als meine Brüder." Sie hielt ihm die Kette hin und drehte sich herum, damit er sie um ihren schlanken Hals legen konnte. Harry schloss die Schnalle, dann küsste er die empfindliche Stelle in Kittys Nacken. „Vielen Dank", wisperte sie.

Er nahm auf dem Hocker Platz und zog sie auf seinen Schoß. „Noch immer nervös?"

„Schrecklich", gestand sie. „Ich habe eine Frage an dich, Mylord."

„Was denn?"

„Darf ich heute Abend mit Teddy tanzen?"

Mit einer zügigen Bewegung hatte er sie von seinem Schoß gehoben, über sein Knie gelegt und versohlte ihr mit prasselnden Schlägen den Hintern.

„Autsch! Tut mir leid!", rief sie voll Kummer darüber, ihren Ehemann erzürnt zu haben. „Ich habe nur gefragt, damit ich dich nicht verärgere."

Er schaffte es, ihre Unterhose herunterzuziehen, während er schnell und hart weiterschlug und sie sich auf seinem Schoß wand.

„Harry, bitte! Es tut mir leid!"

Er hielt inne, gab ihr einen kleinen Klaps auf den Hintern und zog sie auf die Füße, sodass ihre Unterhose zu ihren Knöcheln hinuntersegelte und sie heraustrat. Dann setzte er sie rittlings auf seinen Schoß.

Ihre Brust hob und senkte sich hektisch, als sie sich abmühte, in ihrem Korsett zu atmen, und ihr Kinn zitterte mit einem unterdrückten Schluchzen.

„Ja", sagte er mit heiterer Stimme. „Aber nur einen Tanz, und wenn er dich noch einmal küsst, bringe ich ihn um."

Kitty fiel überrascht der Mund auf. „Was?", kicherte sie und sah erleichtert aus. „Aber warum hast du mir dann den Hintern versohlt?"

„Um dich daran zu erinnern, dass du mir gehörst."

„Har-ry!", protestierte sie. „Das hat wehgetan."

„Ich weiß, Kätzchen. Das sollte es auch. Womöglich verpasse ich dir jedes Mal ein Spanking, wenn du Teddy oder einen anderen Mann erwähnst, nur um mich eifersüchtig zu machen."

Wieder kicherte sie. „Dieses Mal wollte ich dich gar nicht eifersüchtig machen." Sie blickte unter ihren Wimpern zu ihm auf. „Ich kann nicht sagen, ob du es ernst meinst."

Er zog ihre Hüfte vor, bis sie seinen harten Schwanz spüren konnte, der gegen seine Hose drängte. „Ich werde dir zeigen, wie ernst ich es meine …", murmelte er.

Wieder kicherte sie und schaukelte mit ihrem Becken vor und zurück über die Beule in seiner Hose. Er legte die Hände über ihren warmen Hintern und drückte ihn. Sein Finger wanderte weiter und er streichelte ihre feuchte Mitte. Als er anfing, über ihre einladende Öffnung zu reiben, stöhnte sie zustimmend auf. Sie streckte die Finger nach seinem Schwanz aus und ließ sich nicht zweimal bitten, sich auf die Zehenspitzen zu stellen, um ihre Hüfte anzuheben und sich auf seinen bereiten Schaft herabzusenken.

Harry stöhnte auf. So sehr es ihm auch gefiel, zu dominieren, so sehr liebte er es auch, wenn sie die Initiative übernahm. Ihr Enthusiasmus und ihre Bereitschaft, zu lernen, erregten ihn. Seine Finger krallten sich in ihre Taille und er zog sie auf seinem Schoß vor und zurück, kontrollierte ihren Rhythmus, trieb sie an, bis sie sich selbst heftig und ungehemmt an ihm rieb und ihre Erlösung suchte. Die kam schnell, und Kitty schrie auf, vergrub ihre Fingernägel in seinen Armen und ihre Mitte zog sich eng um ihn zusammen. Er gab sich seinem eigenen Höhepunkt hin und entfesselte seine Lust, während er Kitty weiterhin fest an sich zog. Er drückte ihr einen Kuss auf das Dekolleté, direkt unter die Perlen.

„Mhm. Wirklich sehr ernst", schnurrte sie.

„Ja. Und das hier meine ich auch ernst: Wenn du heute Abend mit irgendeinem Mann mehr als zweimal tanzt, wirst du dich über meinem Knie wiederfinden. Hast du das verstanden?"

Sie beugte sich vor und strich mit ihren Lippen über sein Ohr. „Ja, Mylord", wisperte sie, dann schnellte ihre Zunge hervor und leckte sein Ohrläppchen, bis sein Schwanz in ihr erneut zum Leben erwachte. Das Wechselspiel ihrer natürlichen Instinkte und ihrer Beobachtungsgabe bedeutete, dass sie gekonnter auf seinem Körper spielte als auf dem Pianoforte.

„Braves Mädchen", murmelte er. Mit dem Finger fuhr er durch ihre Pospalte und umkreiste ihren Anus.

Sie verdrehte ihre Hüfte, um sich seiner Bewegung zu entziehen. „Harry!"

Zweimal schlug er ihr auf die Flanke, und sie protestierte quiekend.

„Das da gehört ebenfalls mir, Kitty. Und bald schon werde ich dich dort nehmen."

Sie schnappte nach Luft, und ein hübsches Rosa legte sich über ihre Wangen. „Kannst du das?"

Er gluckste. „Ich kann und ich werde."

Die Vorstellung davon ließ seinen Schwanz in ihr erneut anschwellen, und sie begann, langsam mit dem Becken zu schaukeln. Harry fuhr damit fort, den Ring ihres Anus zu umkreisen und seinen Schwanz in ihr zu bewegen. Sie stöhnte und ihr Atem ging schneller. Er drückte fester und drang in ihren Anus vor, der sich um seinen Finger zusammenzog. Ihr Gesäß spannte sich an und federte wieder zurück. Ihr Winden verstärkte die Bewegungen seines Fingers und seines nun völlig erigierten Schwanzes in ihr weiter.

„Harry", keuchte sie.

„Ja, Kätzchen?", murmelte er.

„Harry!" Er fuhr damit fort, seinen Finger in ihren Anus hineinzustoßen, und als ihre Lust zunahm, schlang er einen Arm um ihre Taille, um ihre Hüfte zu bewegen.

„Harry, bitte!", stieß sie hervor, krallte die Finger in seine Haare und zog daran. Er stieß tiefer, heftiger in sie hinein, und mit jedem Mal zog er ihr feuchtes Geschlecht über seine gesamte Länge, bis sie zuckte, unter seinen Händen den Rücken durchbog und seinen Namen schrie. Er hielt sie fest, küsste die weiche Stelle an ihrem Hals und wisperte Zärtlichkeiten in ihr Ohr.

„Bist du …"

Lächelnd schüttelte er den Kopf. „Dieses Mal nicht, Kätzchen. Aber du kannst dich später revanchieren."

Sie seufzte zufrieden und legte ihren Kopf auf seine Schulter. Schwer und schlaff fiel ihr Körper gegen seinen.

„Bist du noch immer nervös?"

Sie hob den Kopf und suchte seinen Blick. Ihre Augen brauchten einen Moment, bevor sie sich fokussierten. „War das deine Absicht?"

„Mh-hm. Hat es funktioniert?"

„Ich liebe dich", sagte sie und drückte ihre Lippen auf seine. Er erwiderte den Kuss, drückte ihren Hintern und fühlte sich ausgesprochen selbstgefällig.

„Harry?"

„Ja?"

„Wie hast du die Leute dazu gebracht, ihre Antworten zu ändern und unsere Einladung zuzusagen?"

„Ich habe meine Mutter verpflichtet und deinen Ratschlag befolgt. Ich habe im Parlament eine Kampagne gestartet."

Sie starrte ihn aus großen Augen an. „Tatsächlich?"

Er nickte. „Ja. Ich habe mit allen Lords gesprochen. Ich habe ihnen erklärt, dass der Ball wichtig für mich ist und dass ich mich über ihre Unterstützung freuen würde."

Ihre Augen füllten sich mit Tränen und sie beugte sich vor und küsste ihn. „Und natürlich sind sie deiner Bitte allesamt nachgekommen. Du könntest Berge versetzen, das weiß ich."

Harry spürte, wie seine eigenen Augen begannen, mit Tränen zu brennen, und blinzelte eilig. „Nur wegen dir."

IN IHREM WEISSEN Hochzeitskleid und mit dem Arm ihres Ehemannes um ihre Taille gelegt, begrüßte Kitty die ersten Gäste, Lord und Lady Stonebridge. Ihre Finger fühlten sich unter den Handschuhen kalt und klamm an, und ihr Lächeln strahlte zu bemüht, als sie grüßend knickste. Sie dachte an die Dutzenden Male, in denen sie das Falsche gesagt oder getan hatte oder als man sie als „seltsam" oder „exzentrisch" beschrieben hatte, seit sie vor zwei Jahren in die Gesellschaft eingeführt worden war.

Tatsache war, dass sie nie in die Hautevolee gepasst hatte, und nun hielt man sie aufgrund ihres grässlichen Verhaltens auf dem Ball und ihrer überstürzen Heirat mit Harry vermutlich für ein Flittchen, das zu es meiden galt. In Paaren und Grüppchen betraten die Gäste ihr Haus, und Kitty ließ tapfer Begrüßungen und Vorstellungsrunden über sich ergehen. Sie spürte, wie ihr Schweißperlen den Rücken hinunterliefen, obwohl ihre Finger weiterhin eisig waren.

Harry schien ihr Unwohlsein zu bemerken, denn er zog sie immer wieder an seinen Körper, als ob er sie vor jeglichem Unheil abschirmen oder ihr eine Stütze sein wollte, damit sie nicht ohnmächtig zu Boden sank. Doch die Westerfield-Affäre wurde mit keinem Wort erwähnt. Ihre Gäste verhielten sich höflich, wenn auch nicht übermäßig warm, und der Abend verlief bisher reibungslos.

„Du bist heute Abend ja stiller als ich", bemerkte Harry, als es eine kurze Pause im Strom der eintreffenden Gäste gab.

Sie warf ihm ein schwaches Lächeln zu. „Unmöglich."

„Wo ist mein gesprächiges Mädchen? Vergiss nicht, ich habe dich wegen deines Geplauders geheiratet."

Sie warf ihm einen freudlosen Blick zu. „Harry", gestand sie und beugte sich zu ihm. „Es fühlt sich an, als ob jeder hier nur darauf wartet, dass ich etwas Unangebrachtes sage, so wie es meine Art ist."

Er runzelte die Stirn. „Kitty, du bist die einzige Person, die ich kenne, die immer genau das Richtige sagt."

Abwinkend wedelte sie seine Worte fort, und er fing ihre Hand ein und hob ihre Finger an seine Lippen, küsste sie und biss dann kurz hinein. Sie kicherte und zog ihre Hand zurück.

Genau in diesem Moment betrat die ältere Lady Westerfield in Begleitung von Harrys Onkel und seiner Tante das Haus. Kitty versteifte sich nervös, als sie ihre neue Schwiegermutter erblickte, die sie erst tags zuvor zum ersten Mal sehr kurz getroffen hatte.

Harry küsste die beiden Damen auf die Wange, und Kitty knickste und versuchte, sittsam zu wirken. Die ältere Lady Westerfield war groß und schlank und sah regelrecht majestätisch aus, hatte eisengraue Haare und die gleiche patrizische Nase wie Harry. Als Harry von seiner Tante und seinem Onkel in eine Unterhaltung verwickelt wurde, wandte sich

Kitty an ihre Schwiegermutter und zerbrach sich den Kopf darüber, was sie Schlaues sagen könnte.

„Es tut ihm schrecklich leid, wissen Sie?", sagte die Gräfinnenwitwe. „Der holprige Start ihrer Ehe. Ich hoffe, Sie können ihm irgendwann dafür verzeihen."

Kitty starrte sie an, bis in die Haarspitzen schockiert darüber, dass Harry seiner Mutter davon erzählt hatte. Als ihr bewusst wurde, dass Harry alle Schuld für die Ereignisse, die sie mitverursacht hatte, auf sich genommen hatte, biss sie sich auf die Unterlippe, um nicht in Tränen auszubrechen. „Wir haben uns gegenseitig verziehen", erklärte sie, als sie ihre Stimme wiedergefunden hatte.

Lady Westerfield musterte sie wohlwollend. „Das freut mich", sagte sie. „Er braucht Sie. Er hat Sie bereits sein ganzes Leben lang gebraucht."

Und damit ging Lady Westerfield davon, schwebte in den großen Saal, wo die Möbel zur Seite geschoben worden waren, um Platz zum Tanzen zu schaffen. Verblüfft starrte Kitty ihr hinterher.

Als Nächstes trafen Wynn und Teddy ein, und sie war erleichtert, als die beiden Gentlemen sich herzlich begrüßten. Sie umarmte Wynn und küsste ihre Wange.

„Wie läuft es bisher? Sieht aus, als wären viele der geladenen Gäste bereits erschienen."

Kitty nickte. „*Noch* habe ich nichts Unangemessenes gesagt", erklärte sie.

„Kitty, du kannst nun sagen, was du willst. Du bist die Gastgeberin – du bist Lady Westerfield, und das hier ist dein Ball. Du musst dich nicht länger an einer Wand verkriechen und abfällige Bemerkungen über die Gäste machen."

Wenn sie Wynn nicht so sehr lieben würde, wäre sie von ihren Worten irritiert. Doch ermahnt zu werden, dass sie die Gastgeberin war, brachte ihre Erinnerung darüber auf Trab, wie sie sich am Abend der politischen Dinnerparty gefühlt

hatte, als sie die St. Johns und Lord und Lady Goren eingeladen hatte. Damals hatte sie es genossen, ihre Gäste zu
unterhalten, hatte für ihr Wohlergehen gesorgt und eine
angenehme Unterhaltung im Gange gehalten. Es gab keinen
Grund, weshalb dieser Abend nicht genauso verlaufen konnte – Wynn hatte recht: Es war ihr Ball. Harry hatte seinen
Part erfüllt und dafür gesorgt, dass die Gäste hier waren.
Jetzt war es ihre Pflicht – oder vielmehr ihr Vergnügen –, die
Gastgeberin zu spielen.

Sie wandte sich an Teddy. „Lord Westerfield hat mir
einen Tanz mit dir genehmigt, aber wenn du wieder mein
Dekolleté berührst, bringt er dich um."

Teddy grinste. „Hat er das?", fragte er und schloss Harry
in sein Lächeln ein. „Ich habe es nicht gewagt, zu fragen. Das
ist genial."

„Das ist es", stimmte sie zu und legte ihre Hand auf die
Brust ihres Ehemannes. „Also vergiss nicht, mich später
aufzufordern, damit wir allen Tratsch unterbinden."

Teddy deutete einen Bückling an. „Ich kann es nicht
erwarten."

Kitty fing langsam an, sich zu amüsieren, und erwärmte
sich mehr und mehr für ihre Rolle als Gastgeberin, bis sie
alle Gäste begrüßt hatte und das gleiche Selbstbewusstsein
empfand, das sie auch am Abend der politischen Dinnerparty
empfunden hatte. Harry seinerseits unterhielt sich viel ange-
regter mit den Gästen, als sie erwartet hätte. Als sie sich
schließlich immer wohler fühlte und sich allein unter die
Gäste mischte, um neue Beziehungen zu knüpfen, zu unterhalten oder gar zu schmeicheln, konnte sie seinen bewun-
dernden Blick in ihrem Rücken spüren. Das Glühen, das
durch seine früheren Worte und die Worte seiner Mutter
entfacht worden war, wuchs im Laufe des Abends immer
weiter an, und sie staunte darüber, dass Wynn scheinbar
recht gehabt hatte – sie musste sich nicht länger wie ein

Mauerblümchen fühlen. Harry liebte sie – brauchte sie – aus genau dem Grund, der sie früher an die Wände und Ränder der Gesellschaft verbannt hatte.

Als er zu ihr trat, um sie auf die Tanzfläche zu führen, schwebte sie praktisch neben ihm über das Parkett und schwelgte in ihrer neuen Rolle als seine Ehefrau.

„Du bist heute Abend atemberaubend", murmelte Harry.

„Das will ich hoffen", erwiderte sie und spähte unter ihren langen Wimpern zu ihm auf. „Immerhin will ich sichergehen, dass du auch etwas für dein Geld bekommst. Bin ich so, wie du es erwartet hast, als du den Vertrag mit Maury geschlossen hast?"

Er warf ihr einen bekümmerten Blick zu. „Du bist so viel mehr", sagte er leise.

Kitty lächelte zufrieden.

„Hast du mir schon für diese Dummheit verziehen?"

„Es gibt nichts zu verzeihen. Ich hätte dich auch gekauft, wenn ich die nötigen Mittel dazu gehabt hätte."

Harry warf den Kopf in den Nacken und lachte, ein schallendes, tiefes Lachen, das sie bis ins Herz wärmte. „Wie viel hättest du denn für mich bezahlt?"

„Mindestens einen Schilling", kicherte sie.

„Pah!", rief er aus. „Miss Angelton hat mir beinahe das Doppelte geboten."

Sie grinste. „Ich werfe noch eine Fünfhundert-Meilen-Kutschfahrt nach Gretna Green in den Topf."

„Einverstanden!"

Wieder kicherte sie. Harry wirbelte sie mit langen Schritten durch den Saal und sein liebevolles Lächeln war der Anker, der sie festhielt.

„Danke", sagte sie atemlos.

Fragend zog er eine Augenbraue hoch.

„Dafür, dass du mir das Gefühl gibst, etwas Besonderes zu sein."

„Du *bist* etwas Besonderes, Kätzchen."

Der Tanz endete und er führte sie zum Tisch mit den Erfrischungen. „Komm", sagte er. „Ich will dich mit Champagner beschwipst machen, damit ich dir später dafür den Hintern versohlen kann."

Sie lachte, und bei dieser Bemerkung kribbelte ihr Hintern vom früheren Spanking. „Nun, du bist jetzt mein Mann, also muss ich wohl gehorchen."

„Braves Mädchen", murmelte er und reichte ihr ein Glas Champagner an. „Auf meine wundervolle Frau", sagte er und hob sein Glas.

Sie stieß mit ihm an. „Auf uns."

Ende

DER REDDINGTON-SKANDAL

Als Phoebes Schwager den berüchtigten Schwerenöter Lord Fenton spätnachts in seinem Haus überrascht – halb nackt und im offensichtlichen Versuch, unentdeckt zu türmen – gerät er in Zorn. Im verzweifelten Bemühen, ein Blutvergießen zu verhindern, behauptet Phoebe, Lord Fentons Geliebte zu sein, und zwingt ihn somit dazu, sie zur Frau zu nehmen, um den drohenden Skandal abzuwehren.

Weil sie jedoch nur zu gut weiß, dass ein Lebemann wie Teddy Fenton niemals treu sein könnte, ist Phoebe fest entschlossen, seinem Charme zu widerstehen und sich nicht in ihn zu verlieben. Ihr attraktiver, frisch angetrauter Ehemann respektiert ihren Wunsch nach einer Ehe, die lediglich auf dem Papier besteht, doch seine eheliche Dominanz verleiht sich schon bald auf anderem Wege Ausdruck.

Hinweis des Herausgebers: *Der Reddington-Skandal* beschreibt Spanking und Szenen mit sexuellem Inhalt. Wenn du Anstoß an solchen Beschreibungen nimmst, kaufe dieses Buch bitte nicht.

Demnächst verfügbar

DER DIREKTOR

NIEMAND NIMMT SICH, WAS MIR GEHÖRT.

Die hübsche Anwältin hat mit etwas verschwiegen.

Ein Baby, das sie seit dem Valentinstag in sich trägt.

Seit der Nacht, als wir von einem Roulette-Rad zufällig zusammengebracht wurden.

Sie hat mich nie kontaktiert. Wollte mich im Dunkeln darüber lassen.

Jetzt wird sie herausfinden, was passiert, wenn man einen Bratwa-Boss verärgert.

Eine Bestrafung ist angebracht. Arrest bis zur Geburt.

Und ich werde diese Zeit nutzen, ihre Unterwerfung zu gewinnen.

Weil ich nicht nur vorhabe, das Baby zu behalten––

Ich will die Mutter zu meiner Braut machen.

Und es wäre für uns beide so viel besser, wenn sie gewillt wäre.

https://geni.us/directorde

RENEE ROSE: HOLEN SIE SICH IHR KOSTENLOSES BUCH!

Tragen Sie sich in meine E-Mail Liste ein, um als erstes von Neuerscheinungen, kostenlosen Büchern, Sonderpreisen und anderen Zugaben zu erfahren.

https://www.subscribepage.com/mafiadaddy_de

BÜCHER VON RENEE ROSE

Regency-Bücher

Die Westerfield-Affäre

Der Reddington-Skandal

Chicago Bratwa

Der Direktor

Gefährliches Vorspiel

Der Mittelsmann

Bessessen

Der Vollstrecker

Der Soldat

Der Hacker

Der Buchmacher

Der Reiniger

Der Spieler

Der Torwächter

Master Me

Ihr Königlicher Master

Ja, Herr Doktor

Ihr Marine Master

Ihr Russischer Gebieter

Ihre Zwillingsmaster

Ihr Brandmeister

Ihr Küchenmeister

Ihr Hollywood Master

Ihr Bad Boy Master

Unterwelt von Las Vegas

King of Diamonds: Was in Vegas passiert, bleibt in Vegas, Band 1

Mafia Daddy: Vom Silberlöffel zur Silberschnalle, Band 2

Jack of Spades: Gefangen in der Stadt der Sünden, Band 3

Ace of Hearts: Berühmtheit schützt vor Strafe nicht, Band 4

Joker's Wild: Engel brauchen auch harte Hände (Unterwelt von Las Vegas 5)

His Queen of Clubs: Russische Rache ist süß (Unterwelt von Las Vegas 6)

Dead Man's Hand: Wenn der Tod mit neuen Karten spielt

Wild Card: Süß, aber verrückt

Mountain Men

Held

Rebell

Krieger

Sündhaftes Chicago

Sündenpfuhl

Verwurzelt in Sünde

Mafia Männer Reihe

Reize mich nicht

Verführe mich nicht

Zwing mich nicht

Wolf Ranch

ungebärdig - Buch 0 (gratis)

ungezähmt

ungestüm

ungezügelt

unzivilisiert

ungebremst

unbändig

unkontrolliert

unerschrocken

unbeugsam

Two Marks

ungebärdig - Buch 1 (gratis)

versucht - Buch 2

Begehrt - Buch 3

verzaubert - Buch 4

Wolf Ridge High

Alpha Bully

Alpha Knight

Step Alpha

Alpha King

Alpha Varsity

Bad Boy Alphas

Alphas Versuchung

Alphas Gefahr

Alphas Preis

Alphas Herausforderung

Alphas Besessenheit

Alphas Verlangen

Alphas Krieg

Sein irdischer Besitz

Zandianische Bräute

Eine Nach md den Zandianern

Von den Zandianern gekauft

Von den Zandianer beherrscht

Das Licht der Zandianer

Festgehalten vom Zandianer

Vom Zandianer beansprucht

Vom Zandianer gestohlen

Vom Zandianer gerettet

ÜBER RENEE ROSE

USA TODAY Bestseller-Autorin RENEE ROSE liebt dominante, verbalerotische Alpha-Helden! Sie hat bereits über eine Million Exemplare ihrer erotischen Liebesromane mit unterschiedlichen Abstufungen verruchter sexueller Vorlieben und Erotik verkauft. Ihre Bücher wurden außerdem in *USA Todays Happily Ever After* und *Popsugar* vorgestellt. 2013 wurde sie von *Eroticon USA* zum nächsten *Top Erotic Author* ernannt und freut sich ebenfalls über die Auszeichnungen Spunky and Sassy's *Favorite Sci-Fi and Anthology Autor*, The Romance Reviews *Best Historical Romance* und Spanking Romance Reviews *Best Sci-fi, Paranormal, Historical, Erotic, Ageplay and Couple Author.* Bereits fünfmal gelang ihr eine Platzierung in der USA-Today-Bestsellerliste mit verschiedenen literarischen Werken.

Besuchen Sie ihren Blog unter www.reneeroseromance.com